NER

GIOVANNI PAOLO II

Pensieri sparsi

Coraggiosi nella verità generosi nell'amore

a cura di
don Giovanni Battista Zilio

NERI POZZA EDITORE

Prima edizione, maggio 1998
Prima edizione Neri Pozza Tascabili, maggio 2002

ISBN 88-7305-866-3

Il nostro indirizzo internet è: www.neripozza.it

Prefazione

Giovanni Paolo II (Karol Wojtyla) «venuto da un Paese lontano, ma sempre così vicino per la comunione nella fede e nella tradizione cristiana», la Polonia semper fidelis, *si è presentato alla Chiesa di Roma e del mondo vent'anni fa, in quella storica serata di lunedì 16 ottobre 1978, «per confessare la nostra fede comune, la nostra speranza, la nostra fiducia nella Madre di Cristo e della Chiesa, ed anche per incominciare di nuovo su questa strada della storia e della Chiesa, con l'aiuto di Dio e con l'aiuto degli uomini». Queste sue prime parole rivelarono subito la duplice dimensione di quella che sarebbe stata la sua instancabile attività pontificale: continuare nella fedeltà al Concilio Vaticano II il rinnovamento della Chiesa e favorire la crescita della persona umana.*

*In questa ottica di servizio pastorale acquistano luminosità e significato le tematiche teologiche, religiose e sociali proposte dai suoi scritti e discorsi. È quella che possiamo chiamare la "ecclesiologia" elaborata da Giovanni Paolo II in vent'anni di servizio papale con le encicliche, le lettere e le esortazioni apostoliche, le profonde omelie a Roma e nei paesi da lui visitati, e con quelli che possiamo definire gli interventi ordinari, quali i discorsi delle udienze generali del mercoledì, le riflessioni che accompagnano la recita dell'*Angelus *domenicale, gli incontri con i vescovi in visita* ad limina, *i colloqui con gli uomini di Stato e di governo, con i politici e i diplomatici, gli incontri con gruppi, associazioni, movimenti, comunità civili e religiose ecc.*

E dovunque, come ha detto il card. Angelo Sodano, segretario di Stato, emerge «una ecclesiologia di comunione ad intra *e di apertura* ad extra, *al fine di contribuire a far sì che la Chiesa di Cristo possa realizzare il fine specifico che Cristo le ha tracciato, al fine di continuare la sua opera di salvezza* pro mundi vita» *(«L'Osservatore Romano», 26 marzo 1998). È una Chiesa che ha Cristo come autore, lo Spirito Santo come anima che la vivifica interiormente, Maria come la figura più alta. È una Chiesa destinata per sua natura a tutti i popoli, aperta verso i fratelli cristiani in un impegno di promozione dell'unità voluta da Cristo, disponibile al dialogo con tutte le altre religioni e verso tutti gli uomini di buona volontà.*

È una Chiesa sollecita del progresso dell'uomo e della società nella pace, come frutto della giustizia e della solidarietà. Le encicliche di contenuto sociale occupano un posto di rilievo nel magistero di papa Wojtyla, dalla Laborem Exercens *del 1981, alla* Sollicitudo Rei Socialis *del 1987 che aggiorna la* Populorum Progressio *di Paolo VI, e infine alla* Centesimus Annus, *che nel 1991, a un secolo dalla* Rerum Novarum *propone un rinnovamento della dottrina sociale della Chiesa mediante un sistema etico-culturale che si contrapponga, più che al totalitarismo comunista ormai al tramonto, a quegli aspetti negativi del capitalismo che, esaltando «l'idolatria del mercato e del profitto», riducono l'uomo a un semplice elemento dell'organismo sociale teso solo al soddisfacimento dei bisogni materiali e ad un edonistico consumismo.*

In accordo con la sua personalità dinamica e comunicativa, Giovanni Paolo II elevò a sistema del suo pontificato i viaggi apostolici, accentuandone il carattere di "pellegrinaggi" in mezzo alle folle del mondo. «Voglio andare da tutti – disse a pochi giorni dalla sua elezione –. Da tutti coloro che pregano, dove essi pregano. Dal beduino della steppa, dalla carmelitana o dal monaco nei loro conventi, dal malato nel suo letto di sofferenza, dall'uomo attivo nel pieno della sua vita, dagli oppressi, dagli umiliati, dappertutto (...). Vorrei oltrepassare la soglia di tutte le case».

«Penso con le categorie di un parroco – disse ai giornalisti rientrando da un viaggio in Africa –. Fino a ieri la gente andava a trovarlo in canonica: ora è lui che deve andare tra la gente».

Giovanni Paolo II sente la sua "avventura itinerante" come dimensione interiore, quasi mistica, del suo servizio pontificale. È un "apostolico itinerare" nella fedeltà alla caratteristica missionaria della Chiesa, come di un albero destinato a stendere i suoi rami su tutta l'umanità. Viaggi, che sono diventati la chiave e la cifra originali di papa Wojtyla, il quale si è recato in tutti i continenti (Nigeria in Africa e Cuba in America Latina sono le sue ultime grandi tappe), senza contare le innumerevoli visite fatte in Italia a diocesi parrocchie, ospedali, scuole, fabbriche, carceri, seminari, istituti religiosi ecc. Viaggi in parte strettamente pastorali, altri più impegnativi sul piano teologico-dottrinale o su quello sociale, politico e diplomatico, altri ancora sul piano ecumenico, ma tutti per annunciare e testimoniare il Vangelo di Cristo nel rispetto della libertà, delle coscienze, delle culture e di quanto c'è di buono in ogni religione.

È la Chiesa che non esiste per se stessa, ma per gli altri, per gli uomini di ogni tempo e di ogni luogo: essa vuole aiutarli a trovare il senso delle realtà ultime e della loro stessa esistenza. La salvezza è destinata a tutti, ma deve essere messa in concreto a disposizione di tutti: il Vangelo deve diventare per tutti la "buona novella". A questa coscienza missionaria Giovanni Paolo II vuole richiamare la Chiesa del XX secolo, che si prepara a iniziare il terzo millennio della sua storia.

Anche questo volume, pur nei suoi limiti, mira a farci conoscere l'annuncio cristiano, che a partire dalla sorgente del Vangelo scorre attraverso la storia sino a noi e oggi ci viene offerto da Giovanni Paolo II. È un'antologia che, pur contenendo soltanto una minima parte del magistero papale, può offrirci una panoramica della "ecclesiologia" di papa Wojtyla, che spazia nelle tematiche più svariate: Chiesa, unità dei cristiani e dialogo tra le religioni, amore, carità e assistenza, dignità e diritti della persona umana, difesa della vita, scienza e tecnica, ecologia e ambiente, cultura e scuola, arte, informazione e mezzi di comunicazione, attività sportiva e cura del corpo, turismo, libertà e coscienza morale, peccato e perdono, preghiera, lavoro, sviluppo e progresso, economia e politica, giustizia sociale e solidarietà internazionale, guerra e pace, cattolicesimo impegnato, matrimonio e famiglia, donna, giovani, anziani ed emarginati, malattia e salute, morte e vita oltre la morte, terzo millennio e Giubileo.

A ogni pensiero guida di Giovanni Paolo II è stata premessa una didascalia allo scopo di puntualizzarne il contenuto e aiutare chi legge a orientarsi meglio.

Conoscere, studiare e approfondire le tematiche teologiche, religiose e sociali proposte dagli insegnamenti di Giovanni Paolo II, ci aiuta a capire questo nostro tempo e ci stimola a impegnarci in questa tappa della storia che ormai volge alla fine del secondo millennio e ci avvicina al terzo.

GIOVANNI BATTISTA ZILIO

Ringraziamenti

Salvo diversa indicazione per pochi rari casi, le fonti dei testi qui antologizzati sono la raccolta degli *Insegnamenti di Giovanni Paolo II*, I-XVIII, 1, Libreria Editrice Vaticana, 1978-1995, per i discorsi e gli scritti prodotti a tutto luglio 1995; e «L'Osservatore Romano» per quelli pubblicati in data successiva. Ne hanno gentilmente permesso la riproduzione i direttori don Nicolò Suffi e professor Mario Agnes, che l'Editore vivamente ringrazia.

Coraggiosi nella verità
Generosi nell'amore

Chiesa

Il servizio del Pontefice è impegno di dedizione e di amore

Il servizio di Pietro è essenzialmente un impegno di dedizione e di amore. Tale appunto vuol essere "l'umile mio ministero".

Ai cardinali e alla Curia romana per gli auguri natalizi, 22 dicembre 1978

La Chiesa universale esiste e si manifesta nelle Chiese particolari e nella comunione tra pastori e fedeli

I singoli vescovi sono il visibile principio e fondamento di unità nelle loro Chiese particolari, formate ad immagine della Chiesa universale, e in esse e da esse è costituita l'una e unica Chiesa cattolica. Da qui nasce l'esigenza di una piena comunione dei vescovi tra loro e con il successore di Pietro nella fede, nell'amore, negli intenti e nell'azione pastorale. Questa comunione si espande nella comunione dei singoli vescovi con i propri sacerdoti, con i religiosi e le religiose, con le anime cioè che hanno donato totalmente la propria vita al servizio del Regno. Qui la comunione si esprime (...) nella sollecitudine dei pastori per le necessità spirituali e materiali di questi figli a loro più vicini (...). La comunione tra vescovi, clero e religiosi costruisce la comunione con il laicato, il quale con tutta la sua ricchezza di doni e di aspirazioni, di capacità e di iniziative, ha un compito decisivo nell'opera di evangelizzazione del mondo contemporaneo (...). È inoltre urgente impegnarsi in uno sforzo di ricupero alla piena comunione ecclesiale di quei movimenti, organismi, gruppi che, nati dal desiderio di un'adesione generosa e coerente al Vangelo, non si trovano ancora in quell'ottica comunitaria, necessaria per un agire sempre più consapevole della comune responsabilità di tutti i membri del popolo di Dio.

Al Consiglio permanente della CEI, Roma, 23 gennaio 1979

La Chiesa deve insegnare testimoniando

L'uomo contemporaneo crede più ai testimoni che ai maestri, più all'esperienza che alla dottrina, più alla vita e ai fatti che alle teorie. La testimonianza della vita cristiana è la prima e insostituibile forma della missione. Cristo, di cui noi continuiamo la missione, è il testimone per eccellenza e il modello della testimonianza cristiana. Lo Spirito Santo accompagna il cammino della Chiesa e l'associa alla testimonianza che egli rende a Cristo.

Redemptoris Missio, 42

La Chiesa rende onore a Dio venerando la santità dei suoi figli

Il *martyrologium* dei primi secoli costituì la base del culto dei santi. Proclamando e venerando la santità dei suoi figli e figlie, la Chiesa rendeva sommo onore a Dio stesso; nei martiri venerava il Cristo che era all'origine del loro martirio e della loro santità. Si è sviluppata successivamente la prassi della canonizzazione, che tuttora perdura nella Chiesa cattolica e in quelle ortodosse. In questi anni si sono moltiplicate le canonizzazioni e le beatificazioni. Esse manifestano la vivacità delle Chiese locali (...). Il più grande omaggio, che tutte le Chiese renderanno a Cristo alla soglia del terzo millennio sarà la dimostrazione dell'onnipotente presenza del Redentore mediante i frutti di fede, di speranza e di carità in uomini e donne di tante lingue e razze, che hanno seguito Cristo nelle varie forme della vocazione cristiana.

Tertio Millennio Adveniente, 37

La Chiesa deve conservare le testimonianze dei nuovi martiri

Nel nostro secolo sono ritornati i martiri, spesso sconosciuti, quasi "militi ignoti" della grande causa di Dio. Per quanto è possibile non devono andare perdute nella Chiesa le loro testimonianze.

Tertio Millennio Adveniente, 37

Tutti i cristiani sono chiamati alla perfezione della santità

Tutti i fedeli, di ogni stato e condizione, sono chiamati dal Signore, ognuno per la propria via, alla perfezione della santità. I laici sono chiamati da Dio, hanno una vocazione propria che non si limita all'adempimento degli obblighi minimi necessari per evitare la condanna eterna. Voi, tutti voi, siete cristiani a pieno titolo con una chiamata divina alla santità, che vi coinvolge totalmente abbracciando tutti gli aspetti e fasi della vostra vita. Il mondo del lavoro, la vita familiare e sociale (...), la scuola e la università e, infine, tutte le attività onorate dagli uomini sono il luogo di incontro con Cristo, dove vi santificate e contribuite «alla santificazione del mondo, quasi a modo di fermento».

Ai laici e ai movimenti di apostolato a Santa Cruz, Bolivia, 13 maggio 1988

Dio chiama molti alla consacrazione totale

La nostra vita è dono di Dio. Dobbiamo farne qualcosa di buono. Ci sono molti modi di spendere bene la vita, impegnandola a servizio di ideali umani e cristiani. Se oggi vi parlo di consacrazione totale a Dio nel sacerdozio, nella vita religiosa, nella vita missionaria, è perché Cristo chiama a questa straordinaria avventura molti fra voi. Egli ha bisogno, vuole avere bisogno delle vostre persone, della vostra intelligenza, delle vostre energie, della vostra fede, del vostro amore, della vostra santità (...). Troverete delle difficoltà. Pensate forse che io non le conosca? Vi dico che l'amore vince ogni difficoltà. La vera risposta a ogni vocazione è opera di amore. La risposta alla vocazione sacerdotale, religiosa, missionaria può sorgere soltanto da un profondo amore a Cristo. Questa forza di amore ve la offre Lui stesso, come dono che si aggiunge al dono della sua chiamata e rende possibile la vostra risposta.

In occasione della Giornata mondiale per le vocazioni, 21 aprile 1979

La causa di Cristo richiede cuori forti e decisi

Vale la pena dedicarsi alla causa di Cristo, che richiede cuori forti e decisi; vale la pena dedicarsi all'uomo per Cristo, per orientarlo a Lui, per elevarlo, per aiutarlo nel cammino verso l'eternità; vale la pena preferire una opzione per un ideale.

Ai seminaristi riuniti nella basilica di Zapopan, Messico, 30 gennaio 1979

Il consolidamento della vocazione non può avvenire senza sforzo

La vocazione è grazia e dono di Dio in Gesù Cristo (...). La vita umana ha pieno valore quando costituisce il riflesso e l'adempimento dell'eterna Verità e dell'unico Amore (...). La vocazione, oltre che un dono, è un compito. Il suo consolidamento e approfondimento lungo il corso della vita umana non può avvenire senza sforzo e senza lotta spirituale.

Ai seminaristi del Seminario romano maggiore, 24 febbraio 1979

Il sacerdote non deve avere alcun timore di essere "fuori tempo"

Il sacerdote non deve avere alcun timore di essere "fuori tempo", perché l'"oggi" umano di ogni sacerdote è inserito nell'"oggi" del Cristo Redentore. Il più grande compito per ogni sacerdote e in ogni tempo è ritrovare di giorno in giorno questo suo "oggi" sacerdotale nell'"oggi" di Cristo (...). Questo "oggi" di Cristo è immerso in tutta la storia – nel passato e nel futuro del mondo, di ogni uomo e di ogni sacerdote (...). Cristo è la misura di tutti i tempi.

Dono e Mistero, pp. 95-96

Il sacerdote sia pavimento solido su cui i fratelli possano camminare incontro al Signore

Quanti hanno ricevuto la grazia del sacerdozio sono resi amministratori dei misteri di Dio attraverso l'annuncio della parola, la celebrazione dei sacramenti e la guida amorevole della comunità cristiana. Il loro speciale rapporto con l'Eucarestia deve spingerli a vivere con singolare intensità l'offerta di sé che Cristo fece sul Golgota, rendendo se stessi, con lui, "pane spezzato" per i fratelli, e restando sempre, come nella suggestiva prostrazione del giorno dell'Ordinazione, "pavimento" solido, su cui i fratelli possano camminare incontro al Signore.

Dono e Mistero, p. 54

La vocazione religiosa è frutto della libertà di spirito, deriva dalla fede, esige l'accettazione di una severa disciplina

La vocazione religiosa è frutto della libertà di spirito, risvegliata da Cristo, dalla quale scaturisce la disposizione totale a Dio stesso. La vocazione religiosa sta nell'accettazione di una severa disciplina (...); deriva da una fede viva (...), la quale apre la prospettiva dell'incontro con Dio stesso (...).

Questo amore consiste nella donazione di tutto il nostro essere umano, anima e corpo, a Colui che si è donato completamente a noi uomini mediante l'Incarnazione, la Croce e l'annientamento mediante la povertà, la castità, l'obbedienza: si è fatto povero per noi, perché noi diventassimo ricchi. Così, dunque, da questa ricchezza della fede viva prende vita la vocazione religiosa.

Alle religiose, Roma, 10 novembre 1978

La fede si rafforza donandola

La missione rinnova la Chiesa, rinvigorisce la fede e l'identità cristiana, dà nuovo entusiasmo e nuove motivazioni. La fede si rafforza donandola! La nuova evangelizzazione dei popoli cristiani troverà ispirazione e sostegno nell'impegno per la missione universale (...). L'evangelizzazione missionaria (...) costituisce il primo servizio che la Chiesa può rendere a ciascun uomo e all'intera umanità nel mondo odierno, il quale conosce stupende conquiste, ma sembra avere smarrito il senso delle realtà ultime e della stessa esistenza.

Redemptoris Missio, 2

La Chiesa e i missionari promuovono lo sviluppo soprattutto formando le coscienze

La Chiesa e i missionari sono promotori di sviluppo anche con le loro scuole, ospedali, tipografie, università, fattorie agricole sperimentali. Ma lo sviluppo di un popolo non deriva primariamente né dal denaro, né dagli aiuti materiali, né dalle strutture tecniche, bensì dalla formazione delle coscienze, dalla maturazione delle mentalità e dei costumi. È l'uomo il protagonista dello sviluppo, non il denaro o la tecnica. La Chiesa educa le coscienze rivelando ai popoli quel Dio che cercano ma non conoscono, la grandezza dell'uomo creato ad immagine di Dio e da lui amato, l'eguaglianza di tutti gli uomini come figli di Dio, il dominio della natura creata e posta a servizio dell'uomo, il dovere di impegnarsi per lo sviluppo di tutto l'uomo e di tutti gli uomini. Col messaggio evangelico la Chiesa offre una forza liberante e fautrice di sviluppo, proprio perché porta alla conversione del cuore e della mentalità, fa riconoscere la dignità di ciascuna persona, dispone alla solidarietà, all'impegno, al servizio dei fratelli, inserisce l'uomo nel progetto di Dio, che è la costruzione del Regno di pace, di giustizia a partire già da questa vita.

Redemptoris Missio, 58-89

L'attività pastorale esige che i sacerdoti stiano vicini a tutti i problemi degli uomini, ma da sacerdoti

Sforzatevi di essere "artisti" della pastorale (...). La nostra attività pastorale esige che stiamo vicini agli uomini e a tutti i loro problemi (...), ma "da sacerdoti" (...). Il nostro compito è di servire la verità e la giustizia nelle dimensioni della "temporalità" umana, ma sempre in una prospettiva che sia quella della salvezza eterna (...). La sollecitudine di ogni buon Pastore è che gli uomini «abbiano la vita e l'abbiano in abbondanza», affinché nessuno di loro vada perduto ma abbia la vita eterna.

Lettera ai sacerdoti per il Giovedì santo, 1979

I teologi affrontino con coraggio le nuove questioni che si pongono alla Chiesa

La ricerca teologica è indispensabile all'esercizio del magistero del successore di Pietro (...). Uomo di fede, il teologo ha la missione di scrutare le ricchezze di luce contenute nel mistero (...). Certo, il cammino del teologo ha qualcosa di paradossale. La radice del suo sapere è l'infallibile luce della fede; la sua riflessione è soggetta ai limiti e alle fragilità delle cose umane. La sua fierezza sta nel servizio della luce divina, la sua modestia nella coscienza dei limiti del pensiero umano. In virtù degli scopi assegnati, a voi è richiesto un duplice sforzo. Voi dovete presentare ai nostri contemporanei la bellezza del mistero della salvezza e la sua forza di liberazione. Voi siete inoltre invitati ad affrontare con coraggio le nuove questioni che si pongono alla Chiesa.

Alla Commissione teologica internazionale, Roma, 2 dicembre 1994

Nessuno può fare della teologia una raccolta di propri concetti personali

Nessuno può fare della teologia quasi fosse una semplice raccolta dei propri concetti personali, ma ognuno deve essere consapevole di rimanere in stretta unione con quella missione di insegnare la verità, di cui è responsabile la Chiesa.

Redemptor Hominis, 19

Unità dei cristiani e dialogo tra le religioni

Le difficoltà nei rapporti tra i cristiani sono reali

Le difficoltà nei rapporti tra i cristiani sono reali. Non si tratta solo di pregiudizi ereditati dal passato, ma spesso di giudizi diversi radicati in profonde convinzioni che toccano la coscienza.

Udienza generale, 20 gennaio 1982

La vocazione dei cristiani all'unità non è opzionale

La vocazione di tutti i cristiani all'unità non è un fatto opzionale. La loro divisione, infatti, oltre a contraddire alla espressa volontà del Signore e alla natura della Chiesa, diminuisce e danneggia la loro testimonianza al Vangelo nel mondo.

Angelus Domini, 24 luglio 1983

L'unità della fede è necessaria all'Europa

L'Occidente ha tanto bisogno della nostra fede, viva e profonda, nella storica tappa della costruzione di un sistema nuovo di molteplici riferimenti. L'Oriente, devastato spiritualmente da anni di programmata ateizzazione, ha bisogno di un forte segno di abbandono a Cristo. L'Europa ha bisogno di noi tutti riuniti solidali intorno alla Croce e al Vangelo.

In occasione dell'incontro di preghiera ecumenica a Wroclaw, Polonia, 31 maggio 1997

Ciò che l'unità dei cristiani non è

L'unità non è assorbimento e neppure fusione.

Nella basilica di San Nicola a Bari, 26 febbraio 1984

L'unità non mortifica l'autentica varietà

L'unità non mortifica l'autentica varietà, anzi fa sì che la vita in Cristo sia sempre più intensa, rifiorisca e si esprima in forme sempre più compiute. Lo scopo dell'intero movimento ecumenico è (...) il ristabilimento della piena unità visibile e organica di tutti i cristiani nella confessione di una sola fede, nella comune celebrazione del culto divino e nella fraterna concordia della famiglia di Dio. E ciò potrà avvenire nel rigoroso rispetto delle legittime diversità delle espressioni spirituali, disciplinari, liturgiche e teologiche.

Udienza generale, 18 gennaio 1989

Il dialogo ecumenico non deve recare pregiudizio ai tesori della verità divina

La vera attività ecumenica significa apertura, avvicinamento, disponibilità al dialogo, comune ricerca della verità nel pieno senso evangelico e cristiano, ma essa non significa assolutamente né può significare rinunciare o recare in qualsiasi modo pregiudizio ai tesori della verità divina.

Redemptor Hominis, 6

Le disposizioni fondamentali che devono animare i cattolici nella ricerca dell'ecumenismo

Per essere autentico e fruttuoso l'ecumenismo richiede da parte dei fedeli cattolici alcune fondamentali disposizioni. Innanzitutto la carità, con uno sguardo pieno di simpatia e un vivo desiderio di cooperare, dove è possibile, con i fratelli delle altre Chiese o comunità ecclesiali. In secondo luogo la fedeltà alla Chiesa cattolica, pur senza ignorare né negare le mancanze manifestate dal comportamento di certi suoi membri. In terzo luogo lo spirito di discernimento, per apprezzare ciò che è buono e degno di elogio. Infine è richiesta una sincera volontà di purificazione e di rinnovamento.

Udienza generale, 26 luglio 1995

Ogni Chiesa deve essere aperta e attenta alle altre Chiese

L'unità è l'incontro nella verità e nell'amore, che ci sono donati dallo spirito (...). Per la piena cattolicità, ogni nazione, ogni cultura ha un proprio ruolo da svolgere nell'universale piano di salvezza. Ogni tradizione particolare, ogni Chiesa locale deve rimanere aperta e attenta alle altre Chiese e Tradizioni e, nel contempo, alla comunione universale e cattolica; se rimanesse chiusa in sé, correrebbe il pericolo di impoverirsi anch'essa.

Slavorum Apostoli, 27

Tutte le Chiese fin d'ora possono manifestare la loro unità nell'annunciare il mistero di Cristo

Occorre che noi tutti – quanti siamo seguaci di Cristo – ci incontriamo e ci uniamo attorno a Lui stesso. Questa unione, nei diversi settori della vita, della tradizione, delle strutture e discipline delle singole Chiese o Comunità ecclesiali, non può attuarsi senza un valido lavoro, che tenda alla reciproca conoscenza e alla rimozione degli ostacoli sulla strada di una perfetta unità. Tuttavia, possiamo e dobbiamo già fin d'ora raggiungere e manifestare al mondo la nostra unità: nell'annunciare il mistero di Cristo, nel rivelare la dimensione divina e insieme umana della Redenzione, nel lottare con instancabile perseveranza per la dignità che ogni uomo ha raggiunto e può raggiungere continuamente in Cristo.

Redemptor Hominis, 11

Il ritorno alla piena comunione esige coraggio e speranza

Siamo consapevoli che il ritorno alla piena comunione esige coraggio e speranza, elementi tutti che nascono dalla preghiera perseverante, fonte primaria di qualsiasi impegno veramente ispirato dal Signore.

Ai rappresentanti delle Confessioni cristiane di Cuba, 25 gennaio 1998

La Chiesa latina rispetti e valorizzi in pieno la dignità degli Orientali

Una costante e comune conversione è indispensabile (...). E conversione è richiesta anche alla Chiesa latina, perché rispetti e valorizzi in pieno la dignità degli Orientali ed accolga con gratitudine i tesori spirituali, di cui le Chiese orientali cattoliche sono portatrici a vantaggio dell'intera comunione cattolica; mostri concretamente, molto più che in passato, quanto stimi e ammiri l'Oriente cristiano e quanto essenziale consideri l'apporto di esso perché sia pienamente vissuta l'universalità della Chiesa.

Lettera apostolica *Orientale Lumen*, 2 maggio 1995

I molti punti di contatto della vita monastica in Occidente e in Oriente possono favorire il cammino verso l'unità

Un modo importante per crescere nella comprensione reciproca e nell'unità consiste proprio nel migliorare la nostra conoscenza gli uni degli altri (...). Oltre la conoscenza, sento molto importante la frequentazione reciproca. Al riguardo, auspico che un'opera particolare esercitino i monasteri, proprio per il ruolo tutto speciale che riveste la vita monastica all'interno delle Chiese e per i molti punti che uniscono l'esperienza monastica, e quindi la sensibilità spirituale in Oriente e in Occidente.

Lettera apostolica *Orientale Lumen*, 2 maggio 1995

Ebrei e musulmani hanno un posto preminente nel dialogo interreligioso

La vigilia del 2000 sarà una grande occasione, anche alla luce degli avvenimenti di questi ultimi decenni, per il dialogo interreligioso (...). In tale dialogo dovranno avere un posto preminente gli ebrei e i musulmani. Voglia Dio che a sigillo di tali intenzioni si possano realizzare anche incontri comuni in luoghi significativi per le grandi religioni monoteiste.

Tertio Millennio Adveniente, 53

Gerusalemme deve essere un segno della volontà di Dio che noi, cristiani, ebrei e musulmani, viviamo nella pace e nel reciproco rispetto

Il fatto che la vostra delegazione, composta di cristiani, ebrei e musulmani, si sia riunita per riflettere sul tema della riconciliazione tra quanti credono nell'unico Dio è già di per sé un qualcosa, di cui dover ringraziare insieme. Concentrando l'attenzione su Dio voi affermate che la genuina riconciliazione tra i popoli si può trovare solo in Lui. È Dio che riconcilia a sé continuamente l'umanità per mezzo del perdono dei nostri peccati e dell'effusione dei suoi doni. La Bibbia e il Corano dicono che la misericordia e la giustizia sono due caratteristici attributi di Dio. Egli, "il solo Giusto", "il Misericordioso", "il Compassionevole", può trasfondere queste stesse qualità nell'umanità, se solamente noi apriamo il nostro cuore e gli permettiamo di farlo. In questa dimensione si trovano nuove soluzioni ai conflitti politici, razziali e confessionali che hanno afflitto la famiglia umana nel corso della storia. Voi venite da una città che ha un così alto significato per tutti noi: giudei, cristiani e musulmani. Gerusalemme, la città di David, il luogo della morte e risurrezione di Cristo, il luogo del viaggio notturno di Maometto verso Dio: questa città deve essere un simbolo vivente della volontà di Dio che noi viviamo nella pace e nel reciproco rispetto.

A un gruppo di cristiani, ebrei e musulmani, Roma, 26 febbraio 1986

La religione ebraica ci è intrinseca

La religione ebraica non ci è "estrinseca", ma in un certo qual modo è "intrinseca" alla nostra religione. Abbiamo quindi verso di essa dei rapporti che non abbiamo con nessun'altra religione (...). Siete i nostri fratelli prediletti e, in un certo modo, si potrebbe dire i nostri fratelli maggiori (...). Le vie aperte alla nostra collaborazione, alla luce della comune eredità tratta dalla Legge e dai profeti, sono varie e importanti (...). Vogliamo ricordare anzitutto una collaborazione in favore dell'uomo, della sua vita dal concepimento fino alla morte naturale, della sua dignità, della sua libertà, dei suoi diritti, del suo svilupparsi in una società non ostile, ma amica e favorevole, dove regni la giustizia e dove, in questa nazione, nei continenti e nel mondo, sia la pace ad imperare, lo *shalom* auspicato dai legislatori, dai profeti e dai saggi d'Israele.

Nella Sinagoga di Roma, 13 aprile 1986

Noi, cristiani e musulmani, possiamo collaborare per donare speranza all'umanità

Come gli altri credenti, noi cristiani e musulmani siamo dei "cercatori di Dio" (...). Tutte le buone azioni che il credente si sforza di compiere, come la preghiera, il digiuno, l'elemosina, sono nel segno della ricerca di Dio. Esse esprimono una continua conversione a Lui. Possiamo dire che la ricerca di Dio è per ogni uomo un segno di speranza (...). Cristiani e musulmani, noi possiamo collaborare per donare più speranza all'umanità. Perciò, dobbiamo accettarci fin dall'inizio come diversi, rispettarci reciprocamente e amarci veramente, sotto lo sguardo di Dio che elargisce a tutti la sua misericordia. Noi siamo chiamati a stringere un "patto di pace", per il quale dichiariamo di rinunciare all'uso della violenza come metodo di soluzione delle controversie. Vogliamo presentarci al mondo come credenti in Dio e fedeli all'uomo, alla sua dignità e ai suoi diritti. Allora noi saremo più credibili in quanto credenti, e saremo per l'umanità un segno particolare di speranza che si aggiunge a quelli che già esistono.

Alla conclusione del digiuno del Ramadan, gennaio 1998

È necessario che tutte le religioni collaborino per il bene dell'umanità

Nel mondo contemporaneo, è necessario che tutte le religioni collaborino per il bene dell'umanità, e lo facciano a partire dalla natura spirituale dell'uomo. Oggi, come indù, musulmani, sikhs, buddisti, jainisti, parsi e cristiani, ci raduniamo nel segno dell'amore fraterno per riconfermare questo fatto con la nostra stessa presenza. Dal momento che proclamiamo la verità sull'uomo, riaffermiamo che la ricerca umana del benessere temporale e sociale e di una pienezza di dignità corrispondono alle profonde aspirazioni della sua natura spirituale. Lavorare per raggiungere e difendere tutti i diritti umani, compreso il diritto fondamentale di adorare Dio secondo i dettami della retta coscienza e di professare questa fede esternamente, deve diventare sempre più un tema di collaborazione interreligiosa a tutti i livelli. Tale lavoro interreligioso comune deve anche riguardare la lotta per eliminare la povertà, la fame, l'ignoranza, la persecuzione, la discriminazione e ogni forma di schiavitù dello spirito umano. La religione è la sorgente prima dell'impegno della società per la giustizia, e la collaborazione interreligiosa deve riaffermare questo principio nella pratica.

Ai rappresentanti delle diverse tradizioni religiose a Delhi, India, 2 febbraio 1986

La convivenza di culture e religioni e l'attenzione ai valori spirituali in India meritano rispetto e incoraggiamento

Mi reco in India come pellegrino di pace, e come pastore che ha il mandato di confermare i fratelli nella fede, nell'unità ecclesiale e nella loro testimonianza a Cristo. In quel grande Paese, dove il pellegrinaggio è espressione e mezzo di spiritualità, voglio manifestare rispetto, stima e incoraggiamento a tutti coloro che cercano Dio, che si impegnano nella ricerca della perfezione, che lavorano nel servizio dei fratelli e nella costruzione della pace e della giustizia (...). Questa convivenza di culture e di religioni, di attenzione ai valori spirituali e ai bisogni degli uomini e della società ha facilitato il sorgere di uomini ormai conosciuti dappertutto come Gandhi, padre della nazione indiana e promotore dei diritti umani mediante metodi pacifici.

Angelus Domini, 26 gennaio 1986

Non bisogna dimenticare che la Chiesa è la via ordinaria alla salvezza

Il dialogo interreligioso fa parte della missione evangelizzatrice della Chiesa (...). Deve essere condotto e attuato con la convinzione che la Chiesa è la via ordinaria della salvezza e che solo essa possiede la pienezza dei mezzi di salvezza.

Redemptoris Missio, 55

Amore

L'uomo non può vivere senza amore

L'uomo non può vivere senza amore. Egli rimane per se stesso un essere incomprensibile, la sua vita è priva di senso, se non gli viene rivelato l'amore, se non s'incontra con l'amore, se non lo sperimenta e non lo fa proprio, se non vi partecipa vivamente.

Redemptor Hominis, 10

L'amore è un'esigenza ontologica ed etica della persona

Solo la persona può amare e solo la persona può essere amata (...). L'amore è una esigenza ontologica ed etica della persona. La persona deve essere amata, poiché solo l'amore corrisponde a quello che è la persona. Così si spiega il comandamento dell'amore, conosciuto già nell'Antico Testamento e posto da Cristo stesso al centro dell'*ethos* evangelico.

Mulieris Dignitatem, 29

L'uomo ha bisogno di essere amato e di amare

Dio è amore! Questa semplice affermazione di san Giovanni è la chiave del mistero umano. Come Dio, anche l'uomo sarà amore: egli ha bisogno di amore, deve sentirsi amato e, per essere se stesso, deve amare, deve donarsi, deve fare amare questo amore. Dio è Trinità d'Amore.

Ai membri del Tribunale della Sacra Rota, 30 gennaio 1986

L'amore è fonte di conoscenza vera

L'amore è la fonte della conoscenza. Se, da una parte, la conoscenza è una condizione dell'amore, dall'altra, l'amore fa crescere la conoscenza. Se rimaniamo nell'amore, facciamo esperienza intima dell'azione dello Spirito Santo che ci fa partecipare all'amore redentivo del Figlio che il Padre ha inviato per la salvezza del mondo. Riconoscendo Cristo come Figlio di Dio, noi rimaniamo in lui e, attraverso di lui, rimaniamo in Dio. Per i meriti di Cristo, abbiamo creduto nell'amore, conosciamo l'amore che Dio ha per noi, sappiamo che Dio è amore. Tale conoscenza attraverso l'amore è in un certo senso la chiave di volta dell'intera vita spirituale del cristiano. «Chi sta nell'amore dimora in Dio e Dio dimora in lui».

Per la beatificazione di Federico Ozanam, Parigi, 22 agosto 1997

L'amore costruisce, l'odio distrugge

L'amore costruisce; solo l'amore costruisce! L'odio distrugge. L'odio non costruisce niente. Può solo disgregare. Può disorganizzare la vita sociale; può, tutt'al più, far pressione sui deboli, senza però edificare nulla.

Omelia a San Giovanni in Laterano, 12 novembre 1978

L'amore corregge i difetti della giustizia

L'uomo cristiano promuove tra gli uomini un rapporto più profondo di quello che non possa essere garantito dalla semplice giustizia; e di fatto l'amore, in quanto animato dalla grazia divina, corregge i difetti della giustizia umana e la conduce a una perfezione che da sola non potrebbe raggiungere (...). Certamente la disponibilità al perdono, così propria dell'etica cristiana, non cancella l'ordine fondamentale della giustizia: in ogni caso, la riparazione del male e dello scandalo, il risarcimento del torto, la soddisfazione dell'oltraggio sono condizioni del perdono.

Alla parrocchia di Santa Chiara, Vigna Clara - Due Pini, Roma, 22 febbraio 1987

L'amore assicura una giustizia superiore

L'amore cristiano, con la sua disponibilità al perdono, con la sua attitudine alla generosità, alla pazienza e alla benevolenza, assicura una superiore giustizia nei rapporti umani e garantisce, nelle comunità, una pace e uno spirito di fratellanza che la giustizia da sola non saprebbe assicurare.

Alla parrocchia di Santa Chiara, Vigna Clara - Due Pini, Roma, 22 febbraio 1987

Se vacilla la giustizia anche l'amore è in pericolo

Cristo ci ha lasciato il comandamento dell'amore del prossimo. In questo comandamento è racchiuso anche tutto ciò che concerne la giustizia. L'amore "sovrasta" la giustizia, ma, in pari tempo, esso trova la sua verifica nella giustizia. Perfino il padre e la madre amando il proprio figlio, devono essere giusti con lui. Se vacilla la giustizia, anche l'amore corre pericolo.

Udienza generale, 8 novembre 1978

Cristo rivela l'amore-misericordia di Dio

Cristo, nel rivelare l'amore-misericordia di Dio, esigeva al tempo stesso dagli uomini che si facessero anche guidare nella loro vita dall'amore e dalla misericordia. Questa esigenza fa parte dell'essenza stessa del messaggio messianico, e costituisce il midollo dell'*ethos* evangelico. Il Maestro lo esprime sia per mezzo del comandamento da Lui definito come "il più grande", sia in forma di benedizione, quando nel discorso della montagna proclama: «Beati i misericordiosi, perché troveranno misericordia».

Dives in misericordia, 3

Amare tutti

Siate spiritualmente madri e sorelle per tutti (...), senza eccezioni, ma soprattutto per gli ammalati, i sofferenti, gli abbandonati, i bambini, i giovani, le famiglie che si trovano in situazioni difficili (...). Andate loro incontro! Non aspettate che vengano a voi. Cercate voi stesse! L'amore ci spinge a questo. L'amore deve cercare.

Alle religiose, Roma, 10 novembre 1978

Amore preferenziale per i poveri

Attraverso l'amore preferenziale per i poveri ci facciamo carico in qualche modo dell'umanità intera e pertanto testimoniamo che la fede che ci anima risponde senza esclusioni alle domande dell'uomo. Questo impegno deve dunque essere sempre più un fatto corale di Chiesa, una nota saliente di tutta la vita e la testimonianza cristiana.

Al convegno della Chiesa italiana a Palermo, 23 novembre 1995

Carità e assistenza

L'assistenza è un dovere e un diritto dei cristiani

È la realizzazione piena del desiderio di scoprire, di incontrare Cristo nel prossimo sofferente: «Ogni volta che avete fatto queste cose a uno solo dei miei fratelli più piccoli, l'avete fatto a me». Su tutto questo si fonda il dovere dell'assistenza, ma anche la sua insopprimibile libertà. Il cittadino, singolo o associato, deve essere libero di offrire servizi di assistenza in conformità delle proprie capacità e della propria ispirazione ideale.

Ai giuristi cattolici, Roma, 25 novembre 1978

Il fondamento della carità è l'inalienabile dignità di ogni essere umano

La ragion d'essere della nostra carità è la dignità inalienabile che noi riconosciamo a ogni essere umano, creato a immagine e somiglianza di Dio, amato da Dio, salvato da Dio, adottato da Dio come un figlio, e identificato a Cristo stesso. Non possiamo rassegnarci e lasciare nella miseria, nell'abbandono, nella solitudine affettiva questo fratello che ha tanto valore agli occhi di Dio. La nostra carità va oltre la pietà (...), va oltre la solidarietà orizzontale. Essa si fonda su questa trascendenza che riconosciamo in ciascuno dei nostri fratelli. La nostra fraternità ha la sua sorgente in Dio.

All'assemblea plenaria di "Cor Unum", 17 novembre 1984

La carità è il segno della credibilità della Chiesa

La carità sarà sempre necessaria come stimolo e completamento della giustizia stessa; essa resterà sempre per la Chiesa il segno della sua testimonianza e della sua credibilità.

Al congresso dell'Unione nazionale fra gli enti di beneficenza e di assistenza, Roma, 7 aprile 1979

La carità deve essere visibile nella comunità cristiana

Che cosa sarebbe una comunità senza la carità? Che cosa sarebbe se non attuasse quello che il Concilio ha chiamato la "legge" del nuovo popolo di Dio: il precetto di amare come lo stesso Cristo ci ha amati? (...) Questa carità però deve farsi visibile. Essa deve permeare ed ordinare tutti gli aspetti della vita della comunità. La comunione spirituale deve farsi comunione di tutta la dimensione umana, deve generare una socialità autenticamente cristiana (...). Le nostre comunità sono chiamate ad essere un'anticipazione della civiltà dell'amore.

Al congresso internazionale del Movimento parrocchiale, 3 maggio 1986

La carità non deve avere secondi fini

Ovunque vengono compiute – questo è il significato della carità –, le azioni di aiuto, di soccorso e di assistenza devono essere condotte con uno spirito di servizio e di dono gratuito, a beneficio dell'insieme delle persone, senza il secondo fine di un'eventuale tutela o di proselitismo, il che farebbe pensare che la carità viene compiuta a fini in parte politici o economici.

Al pontificio consiglio "Cor Unum", 18 aprile 1997

La carità deve essere esercitata con amore

All'efficienza tecnica e organizzativa va sempre unito quel

supplemento di amore gratuito che si alimenta di autentica e cristiana solidarietà.

Ai religiosi e volontari dell'Umberto I di Roma, 19 dicembre 1993

Il naturale supporto alla solidarietà cristiana è il volontariato

Per l'esercizio della carità e dell'attività sociale, la solidarietà cristiana ha trovato sempre il suo naturale supporto nel volontariato, ossia in coloro che, al di là dell'impegno del proprio dovere professionale, offrono il loro tempo libero, in maniera evangelicamente disinteressata, a favore del prossimo sofferente. Ogni credente, che nella profondità del cuore ha meditato il senso delle parole di Cristo, non ha difficoltà a sentirsi interpellato in prima persona, a venire incontro alle esigenze del fratello, si tratti di dolore fisico o di sofferenza morale e spirituale. Ad addolcire l'oceano del male umano, l'iniziativa individuale è insostituibile per giungere alla persona del sofferente in quanto persona.

Omelia nella chiesa dell'Annunziata a Firenze, 19 ottobre 1986

L'esercizio della carità esige di privarsi del necessario

Il desiderio di far regnare la giustizia e la pace nel nostro mondo presuppone che ci si preoccupi della condivisione delle risorse. La carità vi contribuisce, poiché crea vincoli di stima reciproci e di amicizia fra le persone e fra i popoli. Essa suscita la generosità degli uomini, che prendono coscienza della necessità di una maggiore solidarietà internazionale. È opportuno ricordare che ciò non può essere realizzato senza un vero servizio della carità, che implica non solo il sapere condividere il superfluo, ma anche accettare di privarsi del necessario.

Al pontificio consiglio "Cor Unum", 18 aprile 1997

L'elemosina è atto di altissimo valore positivo

Parola greca, elemosina significa etimologicamente compassione e misericordia. Diverse circostanze e influssi di una mentalità riduttiva hanno svisato e sconsacrato in certo modo il suo primigenio significato, riducendolo talvolta a quello di un atto senza spirito e senza cuore. Ma l'elemosina, in se stessa, va intesa essenzialmente come atteggiamento dell'uomo che avverte il bisogno degli altri, che vuol partecipare agli altri il proprio bene (...). È atto di altissimo valore positivo (...), che deve trovare in noi una disponibilità fondamentalmente di cuore e di spirito, senza la quale non esiste vera conversione a Dio.

Udienza generale, 28 marzo 1979

La carità va oltre le distinzioni nazionali, sociali e religiose

Il prossimo è ogni essere umano, senza eccezioni. È inutile chiedere la sua nazionalità, la sua appartenenza sociale o religiosa. Se è nel bisogno, occorre venire in suo aiuto. Questo è quanto chiede la prima e la più grande legge divina, la legge dell'amore di Dio e del prossimo.

Omelia alla beatificazione di Federico Ozanam, Parigi, 22 agosto 1997

Dignità e diritti della persona umana

La vita dell'uomo è diversa e originale rispetto a quella di ogni altra creatura

La vita che Dio dona all'uomo è diversa e originale di fronte a quella di ogni altra creatura vivente, in quanto egli, pur imparentato con la polvere della terra, è nel mondo manifestazione di Dio, segno della sua presenza, orma della sua gloria. È quanto ha voluto sottolineare anche sant'Ireneo di Lione con la sua celebre definizione: «L'uomo che vive è la gloria di Dio».

Evangelium Vitae, 34

L'uomo sulla terra è la sola creatura che Dio abbia voluto per se stessa

«L'uomo in terra è la sola creatura che Dio abbia voluto per se stessa». In lui ha scolpito la sua immagine e somiglianza, conferendogli una dignità incomparabile (...). In effetti, al di là dei diritti che l'uomo acquista col proprio lavoro, esistono diritti che non sono il corrispettivo di nessuna opera da lui prestata, ma che derivano dall'essenziale sua dignità di persona.

Centesimus Annus, 11

L'uomo è centro e vertice di quanto esiste sulla terra

Tra tutte le creature terrene solo l'uomo è "persona", soggetto cosciente e libero e, proprio per questo, "centro e vertice" di tutto quanto esiste sulla terra. La dignità personale è il bene più prezioso che l'uomo possiede, grazie al quale egli trascende in valore tutto il mondo materiale.

Christifideles Laici, 37

L'inviolabilità della persona umana è riflesso della inviolabilità di Dio stesso

Il riconoscimento effettivo della dignità personale di ogni essere umano esige il rispetto, la difesa e la promozione dei diritti della persona umana. Si tratta di diritti naturali, universali e inviolabili (...). L'inviolabilità della persona, riflesso dell'assoluta inviolabilità di Dio stesso, trova la sua prima e fondamentale espressione nell'inviolabilità della vita umana.

Christifideles Laici, 38

La dignità della persona umana deriva dalla sua origine e destinazione

La dignità della persona manifesta tutto il suo fulgore quando se ne considerano l'origine e la destinazione: creato da Dio a sua immagine e somiglianza e redento dal sangue preziosissimo di Cristo, l'uomo è chiamato ad essere "figlio nel Figlio" e tempio vivo dello Spirito, ed è destinato all'eterna vita di comunione beatificante con Dio. Per questo ogni violazione della dignità personale dell'essere umano grida vendetta al cospetto di Dio e si configura come offesa al Creatore dell'uomo.

Christifideles Laici, 37

Ogni uomo è unico e irripetibile

Ogni uomo è qualcuno, unico e irripetibile (...). Per Lui, Dio, e di fronte a Lui l'uomo è sempre unico e irripetibile; qualcuno eternamente ideato ed eternamente prescelto; qualcuno chiamato e denominato con il proprio nome.

Messaggio di Natale, 1978

L'individuo è irriducibile a tutto ciò che lo vorrebbe annullare nell'anonimato

L'individuo è assolutamente irriducibile a tutto ciò che lo vorrebbe schiacciare e annullare nell'anonimato della collettività, dell'istituzione, della struttura, del sistema. La persona, nella sua individualità, non è un numero, non è un anello di una catena, né un ingranaggio di un sistema.

Christifideles Laici, 37

L'insieme dei diritti dell'uomo si riferisce alla sua piena dimensione umana

L'insieme dei diritti dell'uomo corrisponde alla sostanza della dignità dell'essere umano, inteso integralmente, e non ridotto a una sola dimensione; essi si riferiscono alla soddisfazione dei bisogni essenziali dell'uomo, all'esercizio delle sue libertà, alle sue relazioni con altre persone; ma essi si riferiscono sempre e dovunque all'uomo, alla sua piena dimensione umana.

All'assemblea generale dell'ONU, 2 ottobre 1979

La tragica negazione dei diritti dell'uomo è scandalosa

Da un lato, le varie dichiarazioni dei diritti dell'uomo e le molteplici iniziative che ad esse si ispirano dicono l'affermarsi a livello mondiale di una sensibilità morale più attenta a riconoscere il valore e la dignità di ogni essere umano in quanto tale, senza alcuna distinzione di razza, nazionalità, religione, opinione politica, ceto sociale. Dall'altro lato, a queste nobili proclamazioni si contrappone purtroppo, nei fatti, una loro tragica negazione. Questa è ancora più sconcertante, anzi più scandalosa, proprio perché si realizza in una società che fa dell'affermazione e della tutela dei diritti umani il suo obiettivo principale e insieme il suo vanto. Come mettere d'accordo queste ripetute affermazioni di principio con il continuo moltiplicarsi e la diffusa legittimazione degli attentati alla vita umana? Come conciliare queste dichiarazioni con il rifiuto del più debole, del più bisognoso, dell'anziano, dell'appena concepito?

Evangelium Vitae, 18

L'essere umano è sottoposto alle più umilianti e aberranti forme di "strumentalizzazione"

Pensiamo alle molteplici violazioni, alle quali viene oggi sottoposta la persona umana. Quando non è riconosciuto e amato nella sua dignità di immagine vivente di Dio, l'essere umano è esposto alle più umilianti e aberranti forme di "strumentalizzazione", che lo rendono miseramente schiavo del più forte. E il più forte può assumere i nomi più diversi: ideologia, potere economico, sistemi politici disumani, tecnocrazia scientifica, invadenza dei mass-media.

Christifideles Laici, 5

I più importanti degli inalienabili diritti dell'uomo

La Dichiarazione Universale dei Diritti dell'Uomo e gli strumenti giuridici sia a livello internazionale che nazionale, secondo un movimento che non ci si può augurare se non progressivo e continuo, cercano di creare una coscienza generale della dignità dell'uomo, e di definire almeno alcuni dei diritti inalienabili dell'uomo. Mi sia permesso di enumerarne qualcuno tra i più importanti e universalmente riconosciuti: il diritto alla vita, alla libertà e alla sicurezza della persona; il diritto all'alimentazione, all'abbigliamento, all'alloggio, alla salute, al riposo e agli svaghi; il diritto alla libertà di espressione, all'educazione e alla cultura; il diritto alla libertà di pensiero, di coscienza e di religione e il diritto a manifestare la propria religione, individualmente o in comune, tanto in privato che in pubblico; il diritto di scegliere il proprio stato di vita, di fondare una famiglia e di godere di tutte le condizioni necessarie alla vita familiare; il diritto alla proprietà e al lavoro, a condizioni eque di lavoro e ad un giusto salario; il diritto di riunione e di associazione; il diritto alla libertà di movimento e alla migrazione interna ed esterna; il diritto alla nazionalità e alla residenza; il diritto alla partecipazione politica e il diritto alla libera scelta del sistema politico del popolo al quale si appartiene.

All'assemblea generale dell'ONU, 2 ottobre 1979

Difesa della vita

L'uomo è custode non arbitro della vita

Il Creatore ha affidato la vita dell'uomo alla sua responsabile sollecitudine, non perché ne disponga in modo arbitrario, ma perché la custodisca con saggezza e la amministri con amorevole fedeltà. Il Dio dell'Alleanza ha affidato la vita di ciascun uomo all'altro uomo suo fratello, secondo la legge della reciprocità del dare e del ricevere, del dono di sé e dell'accoglienza dell'altro.

Evangelium Vitae, 76

Non ci può essere progresso senza rispetto per la vita

È il rispetto per la vita e, in primo luogo, per la dignità della persona umana la fondamentale norma ispiratrice di un sano progresso economico, industriale e scientifico.

Per la Giornata mondiale della pace 1990, 8 dicembre 1989

Le minacce aperte o subdole alla vita umana sono molte

E come non pensare alla violenza che si fa alla vita di milioni di esseri umani, specialmente bambini costretti alla miseria, alla sottonutrizione e alla fame, a causa di una iniqua distribuzione delle ricchezze tra i popoli e le classi sociali? o alla violenza insita, prima ancora che nelle guerre, in uno scandaloso commercio delle armi, che favorisce la spirale dei tanti conflitti armati che insanguinano il mondo? o alla seminagione di morte che si opera con l'inconsulto dissesto degli equilibri ecologici, con la criminale diffusione della droga o col favorire modelli di esercizio della sessualità che, oltre ad essere moralmente inaccettabili, sono anche forieri di gravi rischi per la vita? È impossibile registrare in modo completo la vasta gamma delle minacce alla vita umana, tante sono le forme, aperte o subdole, che esse rivestono nel nostro tempo!

Evangelium Vitae, 10

La concezione efficientistica della società si configura in molti casi come "cultura di morte"

Siamo di fronte a una realtà più vasta, che si può considerare come una vera e propria struttura di peccato, caratterizzata dall'imporsi di una cultura anti-solidaristica, che si configura in molti casi come vera "cultura della morte". Essa è attivamente promossa da forti correnti culturali, economiche e politiche, portatrici di una concezione efficientistica della società (...). La vita che richiederebbe più accoglienza, amore e cura è ritenuta inutile, o è considerata come un peso insopportabile e, quindi, rifiutata in molte maniere.

Evangelium Vitae, 12

Ogni vita è un bene assoluto

Occorre una nuova cultura della solidarietà. La vita di ognuno, anche quella che chiede di nascere, quella malata o debole, quella in declino, è un bene assoluto e intangibile. È un bene di tutti e per tutti.

Angelus Domini, 5 febbraio 1989

È un dovere difendere la vita quando essa non ha voce per proclamare i suoi diritti

Nessun uomo, credente o non credente, può rifiutarsi di credere alla vita e di sentire il dovere di difenderla, di salvarla, specialmente quando essa non ha neppure la voce per proclamare i suoi diritti. Se tale consapevolezza e tale conseguente messaggio viene da voi, infermi, medici, infermieri, cappellani, suore, volontari, familiari dei malati, esso diventa necessariamente credibile, poiché non si rifà ad enunciati astratti, ma alla vostra personale e quotidiana esperienza.

Omelia all'ospedale San Camillo di Roma, 3 luglio 1983

Ci sono laici chiamati a titolo particolare a difendere la vita

Se di tutti sono la missione e la responsabilità di riconoscere la dignità personale di ogni essere umano e di difenderne il diritto alla vita, alcuni fedeli laici vi sono chiamati a un titolo particolare: i genitori, gli educatori, gli operatori della salute, e quanti detengono il potere economico e politico.

Christifideles Laici, 38

Ogni vita umana è sacra fin dal suo concepimento

Ogni vita umana – dal momento del suo concepimento e durante tutte le fasi seguenti – è sacra, perché la vita umana è creata a immagine e somiglianza di Dio. Niente supera la grandezza e la dignità della persona umana. La vita umana non è soltanto un'idea o un'astrazione; la vita umana è la realtà concreta di un essere che è capace di amore e di servizio all'umanità (...). La vita umana è preziosa perché è un dono di Dio, il cui amore è infinito: e quando Dio dà la vita la dà per sempre. La vita inoltre è preziosa perché è l'espressone e il frutto dell'amore. Questa è la ragione per cui la vita deve avere origine nel contesto del matrimonio e per cui il matrimonio e l'amore reciproco dei genitori devono essere caratterizzati dalla generosità nel prodigarsi.

Omelia al "Capitol Mall", USA, 7 ottobre 1979

La donna non deve cedere ai "consigli" di sopprimere una vita concepita nel suo seno

Penso ad una donna, madre di una famiglia già numerosa, alla quale viene "consigliato" da tanti di sopprimere una vita concepita nel suo seno, sottoponendosi "all'intervento" di interruzione della maternità; ed ella risponde con fermezza: "no". La nuova vita umana in lei concepita è un valore troppo grande, troppo "sacro", perché ella possa cedere a simili pressioni.

Udienza generale, 15 novembre 1978

È la donna a pagare il più alto prezzo in caso di interruzione della maternità

Respingendo fermamente la formula "pro choice" (per la scelta), occorre schierarsi con coraggio per la formula "pro woman" (per la donna), cioè per una scelta che sia veramente a favore della donna. È proprio lei, infatti, a pagare il più alto prezzo non soltanto per la sua maternità, ma ancor più per la distruzione di essa, cioè per la soppressione della vita del bambino concepito. L'unico atteggiamento onesto, in questo caso, è quello della radicale solidarietà con la donna. Non è lecito lasciarla sola (...). La donna non vuole sopprimere la vita del bambino che porta in sé. Se viene confortata in questo atteggiamento, e se contemporaneamente viene liberata dall'intimidazione dell'ambiente circostante, allora è capace persino di eroismo.

Varcare la soglia della speranza, pp. 224-225

Il crimine abominevole dell'aborto è una vergogna dell'umanità

Accogliete i vostri figli con amore responsabile; difendeteli come un dono di Dio, dal momento in cui vengono concepiti e in cui la vita umana nasce nel seno della madre; che il crimine abominevole dell'aborto, vergogna dell'umanità, non condanni i nascituri alla più ingiusta delle esecuzioni: quelle degli esseri umani più innocenti! Quante volte abbiamo ascoltato dalle labbra di Madre Teresa di Calcutta la proclamazione dell'inestimabile valore della vita e il rifiuto di qualsiasi gesto di soppressione della vita?

Incontro mondiale delle famiglie, Rio de Janeiro, Brasile, 4 ottobre 1997

La difesa della persona concepita e non ancora nata è un dovere di uno Stato umano

Il rispetto incondizionato del diritto alla vita della persona umana già concepita e non ancora nata, è uno dei pilastri su cui si regge ogni società civile (...). Non è necessario rifarsi alla luce della fede cristiana per capire queste verità di fondo. Quando la Chiesa le richiama non vuole introdurre uno Stato cristiano: essa vuole semplicemente promuovere uno Stato umano. Uno Stato che riconosca come suo primo dovere la difesa dei diritti fondamentali della persona umana, specialmente di quella più debole. E che è più debole della persona concepita e non ancora nata?

Al convegno di studio *Il diritto alla vita e l'Europa*, Roma, 18 dicembre 1987

Lo Stato che acconsente l'aborto autorizza e concorre all'esecuzione di una sentenza di morte

L'aborto è una grave sconfitta dell'uomo e della società civile. Con esso si sacrifica la vita di un essere umano a beni di valore inferiore, adducendo motivi spesso ispirati da mancanza di coraggio e di fiducia nella vita e talora dal desiderio di un malinteso benessere. E lo Stato, anziché intervenire – com'è sua missione – a difendere l'innocente in pericolo, prevenendone la soppressione e assicurandone, con mezzi adeguati, l'esistenza e la crescita, autorizza e anzi concorre all'esecuzione di una sentenza di morte. È questa una delle conseguenze più preoccupanti del materialismo teorico e pratico che, negando Dio, finisce per negare anche l'uomo nella sua essenziale dimensione trascendente, ed è un frutto dell'edonismo consumistico, che pone nell'interesse immediato il fine dell'attività umana.

Ai rappresentanti del Movimento per la vita, 25 gennaio 1986

La volontà di una parte, sia pur maggioritaria, non può negare l'inalienabile diritto alla vita

L'originario e inalienabile diritto alla vita è messo in discussione o negato sulla base di un voto parlamentare o della volontà di una parte – sia pure maggioritaria – della popolazione. È l'esito nefasto di un relativismo che regna incontrastato: il "diritto" cessa di essere tale, perché non è più solidamente fondato sull'inviolabile dignità della persona, ma viene assoggettato alla volontà del più forte. In questo modo la democrazia, ad onta delle sue regole, cammina sulla strada di un sostanziale totalitarismo. Lo Stato non è più la "casa comune", dove tutti possono vivere secondo principi di uguaglianza sostanziale, ma si trasforma in Stato tiranno, che presume di poter disporre della vita dei più deboli e indifesi, dal bambino non ancora nato al vecchio, in nome di una utilità pubblica che non è altro, in realtà, che l'interesse di alcuni.

Evangelium Vitae, 20

Scienza e tecnica

Se la scienza ignora o mortifica l'essenza spirituale dell'uomo si esclude dal regno della "sapienza"

Un'interpretazione della scienza e della cultura, che volutamente ignori o addirittura mortifichi l'essenza spirituale dell'uomo, la sua aspirazione alla pienezza dell'essere, la sua sete di verità e di assoluto, gli interrogativi che egli si pone di fronte agli enigmi del dolore e della morte, non può soddisfare le più profonde e autentiche esigenze dell'uomo. Essa si esclude da sé dal regno del sapere, cioè dalla "sapienza", che è gusto di conoscenza, maturità dello spirito, anelito di libertà vera, esercizio di criterio e discrezione.

Ai docenti universitari, Bologna, 18 aprile 1982

Non può esserci opposizione tra fede e scienza

Se la ricerca scientifica procede col metodo di un rigore assoluto e resta fedele al suo obiettivo proprio e se la Scrittura è letta secondo le sapienti direttive della Chiesa (...), non può esserci opposizione tra la fede e la scienza (...). Quando gli scienziati avanzano con umiltà nella loro ricerca dei segreti della natura, la mano di Dio li conduce verso le sommità dello spirito (...). La fede non offre risorse alla ricerca scientifica come tale, ma incoraggia lo scienziato a proseguire la sua ricerca sapendo che egli incontra nella natura la presenza del Creatore.

Ai membri della "European Physical Society", Roma, 31 marzo 1979

La causa dell'uomo sarà servita se la scienza si unisce alla coscienza

Siamo confrontati a una grande sfida morale che consiste nell'armonizzare i valori della tecnologia sorta dalla scienza con i valori della coscienza. «Bisogna mobilitare le coscienze!». La causa dell'uomo sarà servita se la scienza si unisce alla coscienza. In altre parole, bisogna controllare con la massima cura il modo con cui l'uomo utilizzerà queste scoperte, e all'intento che definirà le sue scelte (...). I risultati della scienza, per quanto siano meravigliosi, non si volgano mai contro l'uomo a livello della tecnologia e siano impegnati solo per il bene dell'umanità da persone ispirate dal più grande amore per l'uomo.

Al Comitato Europeo per la Ricerca Nucleare, Ginevra, 15 giugno 1982

Anche alle discipline scientifiche è dato di poter giungere alla verità

Grazie a incontri e discussioni con naturalisti, fisici, biologi ed anche storici ho imparato ad apprezzare l'importanza delle altre branche del sapere riguardanti le discipline scientifiche, alle quali pure è dato di poter giungere alla verità sotto angolature diverse. Bisogna quindi che lo splendore della verità – *Veritatis splendor* – le accompagni continuamente, permettendo agli uomini di incontrarsi, di scambiarsi le riflessioni e di arricchirsi reciprocamente. Ho portato con me da Cracovia a Roma la tradizione di periodici incontri interdisciplinari, che si svolgono regolarmente nel periodo estivo a Castel Gandolfo. Cerco di essere fedele a questa buona consuetudine.

Dono e Mistero, p. 105

I laici cristiani devono accettare coraggiosamente le sfide della bioetica

I fedeli laici (...) impegnati nella scienza e nella tecnica, come pure nell'ambito medico, sociale, legislativo ed economico, devono coraggiosamente accettare le "sfide" poste dai nuovi problemi della bioetica (...). Nella prospettiva di quelle "sfide" morali, che stanno per essere provocate dalla nuova e immensa potenza tecnologica e che mettono in pericolo non solo i diritti fondamentali degli uomini, ma la stessa essenza biologica della specie umana, è della massima importanza che i laici cristiani – con l'aiuto di tutta la Chiesa – si prendano a carico di richiamare la cultura ai principi di un autentico umanesimo, affinché la promozione e la difesa dei diritti dell'uomo possano trovare fondamento dinamico e sicuro nella stessa sua essenza.

Christifideles Laici, 38

Lo sviluppo della tecnica esige un proporzionale sviluppo dell'etica

Lo sviluppo della tecnica e lo sviluppo della civiltà del nostro tempo (...) esigono un proporzionale sviluppo della vita morale e dell'etica (...). Questo progresso, il cui autore e fautore è l'uomo, rende la vita umana sulla terra, in ogni suo aspetto, "più umana"? La rende più "degna dell'uomo"? Non ci può essere dubbio che, sotto vari aspetti, la renda tale; Questo interrogativo, però, ritorna ostinatamente per quanto riguarda ciò che è essenziale in sommo grado: se l'uomo (...) diventi veramente migliore, cioè più maturo spiritualmente, più cosciente della dignità della sua umanità, più responsabile, più aperto agli altri, in particolare verso i più bisognosi e più deboli, più disponibile a dare e portare aiuto a tutti. Questa è la domanda che i cristiani debbono porsi, proprio perché Gesù Cristo li ha così universalmente sensibilizzati intorno al problema dell'uomo.

Redemptor Hominis, 15

Bisogna assicurare la priorità dell'etica sulla tecnica

Il senso essenziale di questa "regalità" e di questo "dominio" dell'uomo sul mondo visibile, a lui assegnato come compito dallo stesso Creatore, consiste nella priorità dell'etica sulla tecnica, nel primato della persona sulle cose, nella superiorità dello spirito sulla materia. È per questo che bisogna seguire attentamente tutte le fasi del progresso odierno: bisogna, per così dire, fare la radiografia delle sue singole tappe proprio da questo punto di vista. Si tratta dello sviluppo delle persone e non soltanto della moltiplicazione delle cose, delle quali le persone possono servirsi. Si tratta (...) non tanto di "avere di più", quanto di "essere di più".

Redemptor Hominis, 16

Il progresso scientifico non può pretendere di situarsi in una sorta di terreno neutro

La scienza non è il valore più alto, al quale tutti gli altri debbano essere subordinati. Più in alto, nella graduatoria dei valori, sta appunto il diritto personale dell'individuo alla vita fisica e spirituale, alla sua integrità psichica e funzionale. La persona, infatti, è misura e criterio di bontà o di colpa in ogni manifestazione umana. Il progresso scientifico, pertanto, non può pretendere di situarsi in una sorta di terreno neutro. La norma etica, fondata nel rispetto della dignità della persona, deve illuminare e disciplinare tanto la fase della ricerca quanto quella dell'applicazione dei risultati in essa raggiunti.

Ai congressisti di medicina e chirurgia, Roma, 27 ottobre 1980

I prodotti dell'uomo possono diventare mezzi di autodistruzione

L'uomo vive sempre più nella paura. Egli teme che i suoi prodotti, naturalmente non tutti e non nella maggior parte, ma alcuni, e proprio quelli che contengono una speciale porzione della sua genialità e della sua iniziativa, possano essere rivolti in modo radicale contro lui stesso; teme che possano diventare mezzi e strumenti di una inimmaginabile autodistruzione, di fronte alla quale tutti i cataclismi e le catastrofi della storia, che noi conosciamo, sembrano impallidire. Deve nascere, quindi, un interrogativo: per quale ragione questo potere, dato sin dall'inizio all'uomo, potere per il quale egli doveva dominare la terra, si rivolge contro lui stesso, provocando un comprensibile stato d'inquietudine, di cosciente o incosciente paura, di minaccia, che in vari modi si comunica a tutta la famiglia umana contemporanea e si manifesta sotto vari aspetti?

Redemptor Hominis, 15

Le ricerche applicate alla vita e alla salute non devono proporsi di sostituire l'opera del Creatore

Gli studi, le ricerche e le tecniche applicate alla vita e alla salute devono essere fattori di crescita di tutta l'umanità, nella solidarietà e nel rispetto della dignità di ogni persona umana, soprattutto di quella debole e indifesa. In nessun modo esse possono divenire espressione del desiderio della creatura di sostituirsi al Creatore.

Ai partecipanti alla Conferenza internazionale per gli operatori sanitari, Roma, 8 novembre 1997

Scienziati e tecnici devono rifiutare interventi che risultino alterativi del patrimonio genetico dell'individuo

La coscienza morale dell'umanità non può rimanere estranea o indifferente di fronte ai passi giganteschi compiuti da una potenza tecnologica, che acquista un dominio sempre più vasto e profondo sui dinamismi che presiedono alla creazione e alle prime fasi dello sviluppo della vita umana. Forse non mai come oggi e in questo campo la sapienza si dimostra come l'unica ancora di salvezza, perché l'uomo nella ricerca scientifica e in quella applicata possa agire sempre con intelligenza e con amore, ossia rispettando, anzi venerando l'inviolabile dignità personale di ogni essere umano, sin dal primo istante della sua esistenza. Ciò avviene quando con mezzi leciti la scienza e la tecnica s'impegnano nella difesa della vita e nella cura della malattia sin dagli inizi, rifiutando invece – per la dignità stessa della ricerca – interventi che risultano alterativi del patrimonio genetico dell'individuo e della generazione umana.

Christifideles Laici, 38

La scienza sia orientata a promuovere la giustizia e la pace

La comunità scientifica è più di ogni altra una comunità di pace, perché la ricerca severa, come la vostra, della verità nel dominio della natura è indipendente dalle ideologie e quindi dai conflitti che ne derivano: la vostra attività esige una severa collaborazione, una franca comunicazione dei risultati delle vostre ricerche (...). La ferma volontà di orientare la scienza verso la promozione della giustizia e della pace esige un grande amore per l'umanità. Ogni virtù umana è una forma di amore. È il caso, in particolare, della giustizia che è l'amore per il prossimo, per gli individui, per i popoli. Solo chi ama vuole che l'altro abbia la giustizia. Chi non ama cerca soltanto di ottenere giustizia per se stesso.

Alla Pontificia Accademia delle Scienze, 12 novembre 1983

Ecologia e ambiente

Cosa significa ecologia

Ecologia vuol dire tutto questo: rispetto, ammirazione, attenzione affettuosa, e suppone animi capaci di contemplazione, di gratitudine, di poesia.

Discorso a Cervia, Rimini, 11 maggio 1986

Il valore estetico del creato

Non si può trascurare il valore estetico del creato. Il contatto con la natura è di per sé profondamente rigeneratore come la contemplazione del suo splendore dona pace e serenità. La Bibbia parla spesso della bontà e della bellezza della creazione, chiamata a dar gloria a Dio.

Per la Giornata mondiale della pace 1990, 8 dicembre 1989

La montagna è una predica di Dio

Molte volte la montagna, come la natura in genere, è servita come un predicatore di Dio, testimone di Dio creatore, Dio onnipotenza, Dio di grandezza e Dio di bellezza.

Discorso nella parrocchia di Introd, Aosta, 16 luglio 1989

Dio ha stabilito l'uomo custode, non sfruttatore della natura

L'uomo sembra spesso non percepire altri significati del suo ambiente naturale, ma solamente quelli che servono ai fini di un immediato uso e consumo. Invece, era volontà del Creatore che l'uomo comunicasse con la natura come "padrone" e "custode" intelligente e nobile, e non come "sfruttatore" e "distruttore" senza alcun riguardo.

Redemptor Hominis, 15

L'uomo non può disporre arbitrariamente della natura

L'uomo, preso dal desiderio di avere e godere, più di essere e crescere, consuma in maniera eccessiva e disordinata le risorse della terra e la sua stessa vita (...). L'uomo (...) pensa di poter disporre arbitrariamente della terra, assoggettandola senza riserve alla sua volontà, come se essa non avesse una propria forma e una destinazione anteriore datale da Dio, che l'uomo può, sì, sviluppare, ma non deve tradire. Invece di svolgere il suo ruolo di collaboratore di Dio nell'opera della creazione, l'uomo si sostituisce a Dio e così finisce col provocare la ribellione della natura, piuttosto tiranneggiata che governata da lui.

Centesimus Annus, 37

Il dissesto ecologico nasce dal disprezzo dell'azione creatrice di Dio

Il dissesto ecologico, che suppone sempre una forma di egoismo anticomunitario, nasce da un uso arbitrario – e in definitiva nocivo – delle creature, di cui si violano le leggi e l'ordine naturale, ignorando o disprezzando la finalità che è immanente all'opera della creazione (...). Quando l'uomo adopera queste cose così da non riferirle al Creatore (...), egli reca anche a se stesso danni incalcolabili.

Udienza generale, 2 aprile 1986

L'impegno ecologico del credente nasce direttamente dalla sua fede in Dio creatore

Anche gli uomini e le donne che non hanno particolari convinzioni religiose, per il senso delle proprie responsabilità nei confronti del bene comune, riconoscono il loro dovere di contribuire al risanamento dell'ambiente. A maggior ragione, coloro che credono in Dio creatore (...) devono sentirsi chiamati ad occuparsi del problema. I cristiani, in particolare, avvertono che i loro compiti all'interno del creato, i loro doveri nei confronti della natura e del Creatore sono parte della loro fede (...). L'impegno del credente per un ambiente sano nasce direttamente dalla sua fede in Dio creatore, dalla valutazione degli effetti del peccato originale e dei peccati personali e dalla certezza di essere stato redento da Cristo. Il rispetto per la vita e per la dignità della persona umana include anche il rispetto e la cura del creato, che è chiamato a unirsi all'uomo per glorificare Dio.

Per la Giornata mondiale della pace 1990, 8 dicembre 1989

La protezione dell'ambiente è un dovere che abbiamo anche nei confronti delle generazioni future

La protezione dell'ambiente è anche una questione etica a motivo delle forme recenti assunte dallo sviluppo, che non sempre tiene nella dovuta considerazione l'uomo e le sue esigenze. C'è una responsabilità da non dimenticare ed è quella relativa non solo all'uomo di oggi, ma anche a quello di domani: ogni generazione, infatti, «guadagna o sperpera a vantaggio o a danno della successiva».

Udienza generale, 4 giugno 1986

È necessario salvaguardare l'ambiente umano dai danni della moderna urbanizzazione

Oltre all'irrazionale distruzione dell'ambiente naturale è qui da ricordare quella, ancor più grave, dell'ambiente umano, a cui però si è lontano, dal prestare la necessaria attenzione. Mentre ci si preoccupa giustamente, anche se molto meno del necessario, di preservare gli "habitat" naturali delle diverse specie animali minacciate di estinzione, perché ci si rende conto che ciascuna di esse apporta un particolare contributo all'equilibrio generale della terra, ci si impegna troppo poco per salvaguardare le condizioni morali di un'autentica "ecologia umana". Non solo la terra è stata data da Dio all'uomo (...), ma l'uomo è donato a se stesso da Dio e deve, perciò, rispettare la struttura naturale e morale, di cui è stato dotato. Sono da menzionare, in questo contesto, i gravi problemi della moderna urbanizzazione, la necessità di un urbanesimo preoccupato della vita delle persone, come anche la debita attenzione a una "ecologia sociale" del lavoro.

Centesimus Annus, 38

La ricerca del profitto senza limiti, propria della società capitalista, è una tentazione da rigettare

Nell'età moderna secolarizzata si assiste all'insorgere di una duplice tentazione: una concezione del sapere inteso non più come sapienza e contemplazione ma come potere sulla natura (...). L'altra tentazione è costituita dallo sfruttamento sfrenato delle risorse sotto la spinta della ricerca del profitto senza limiti, secondo la mentalità propria delle società moderne di tipo capitalistico.

Ai partecipanti al convegno su *Ambiente e salute*, Roma, 24 marzo 1997

Come conciliare l'economia dello sviluppo con la qualità della vita

Una delle sfide più pressanti della nostra generazione: come conciliare l'economia dello sviluppo con l'ecologia umana, con la qualità della vita. Ricerche scientifiche, proposte ed iniziative di associazioni professionali e, soprattutto, la responsabilità degli operatori economici, devono stabilire la compatibilità "umana" fra le tecniche di produzione, trasformazione e commercio e il rispetto degli equilibri ambientali. Nei confronti della natura visibile siamo sottomessi a leggi non solo biologiche, ma anche morali, che non si possono impunemente trasgredire. Un compito, questo, che impegna ogni cittadino.

Agli artigiani di Martina Franca, Taranto, 29 ottobre 1989

Per risolvere i problemi ecologici bisogna cambiare il nostro stile di vita

La società odierna non troverà soluzione al problema ecologico se non rivedrà seriamente il suo stile di vita (...). L'austerità, la temperanza, l'autodisciplina e lo spirito di sacrificio devono informare lo spirito di ogni giorno, affinché non si sia costretti da parte di tutti a subire le conseguenze negative della noncuranza di pochi. C'è, dunque, l'urgente bisogno di educare alla responsabilità ecologica (...). È un'educazione che non può essere basata semplicemente sul sentimento o su un indefinito velleitarismo. Il suo fine non può essere né ideologico né politico, e la sua impostazione non può poggiare sul rifiuto del mondo moderno o sul desiderio di un vago ritorno al "paradiso" perduto. La vera educazione alla responsabilità comporta un'autentica conversione nel modo di pensare e nel comportamento (...). Prima educatrice, comunque, rimane la famiglia, nella quale il fanciullo impara a rispettare il prossimo e ad amare la natura.

Per la Giornata mondiale della pace 1990, 8 dicembre 1989

Contro il pericolo dell'"olocausto ambientale" devono essere sensibilizzati soprattutto i giovani

È sintomatico che nel nostro tempo, di fronte a quello che è stato additato come il pericolo dell'"olocausto ambientale", sia sorto un grande movimento culturale, mirante alla difesa e alla riscoperta dell'ambiente naturale. A tale urgenza occorre sensibilizzare soprattutto i giovani. La rispettosa fruizione della natura è da considerare elemento importante del loro processo educativo. Chi vuole davvero ritrovare se stesso, deve imparare a gustare la natura, il cui incanto si sposa per intima affinità col silenzio della contemplazione.

Angelus Domini, 11 luglio 1993

Metodo e criterio di fondo dell'orizzonte ecologico

L'equilibrio dell'ecosistema e la difesa della salubrità dell'ambiente hanno bisogno proprio della responsabilità dell'uomo e di una responsabilità che deve essere aperta alle nuove forme di solidarietà. Occorre una solidarietà aperta e comprensiva verso tutti gli uomini e tutti i popoli, una solidarietà fondata sul rispetto della vita e sulla promozione di risorse sufficienti per i più poveri e per le generazioni future (...). La tecnologia che inquina può anche disinquinare, la produzione che accumula può distribuire equamente, a condizione che prevalga l'etica del rispetto per la vita e la dignità dell'uomo (...). La difesa della vita e la conseguente promozione della salute, specialmente nelle popolazioni più povere e in via di sviluppo, sarà il metodo e il criterio di fondo dell'orizzonte ecologico a livello regionale e mondiale.

Ai partecipanti al convegno su *Ambiente e salute*, Roma, 24 marzo 1997

Collaborazione tra responsabili della produzione e cultori della scienza

Si sono raggiunte punte d'inquinamento dell'ambiente naturale davvero paurose e preoccupanti (...). Occorre dare vita a un nuovo tipo di collaborazione tra i responsabili della produzione e i cultori della scienza al fine di non procedere verso uno sviluppo a senso unico, che si rivelerebbe alla fine mortalmente rischioso per tutti (...). Noi siamo inseriti in un mondo che va apprezzato e rispettato, e non dobbiamo cedere alla tentazione di alterarne gli equilibri.

Ai lavoratori della centrale ENEL di Torre Valdaliga-Nord, Civitavecchia, 19 marzo 1987

Crisi ecologica e solidarietà internazionale

La crisi ecologica pone in evidenza l'urgente necessità morale di una nuova solidarietà, specialmente nei rapporti fra i paesi in via di sviluppo e i paesi altamente industrializzati. Gli stati debbono mostrarsi sempre più solidali e fra loro complementari nel promuovere lo sviluppo di un ambiente naturale e sociale pacifico e salubre.

Per la Giornata mondiale della pace 1990, 8 dicembre 1989

Cultura e scuola

Nella cultura gli uomini sviluppano le loro relazioni con il creato, fra di loro e con Dio

La cultura è quella forma peculiare con cui gli uomini esprimono e sviluppano le loro relazioni con il creato, fra di loro e con Dio, formando l'insieme dei valori che caratterizzano un popolo e i tratti che lo definiscono. Intesa in questo modo, la cultura ha un'importanza fondamentale per la vita delle nazioni e per lo sviluppo dei valori umani più autentici. La Chiesa, che accompagna l'uomo nel suo cammino che si apre alla vita sociale e che cerca gli spazi per la sua azione evangelizzatrice, si avvicina con la sua parola e la sua azione alla cultura.

Discorso nell'aula magna dell'università di La Habana, Cuba, 23 gennaio 1998

L'uomo è soggetto e termine della cultura

La cultura è finalizzata all'uomo. L'uomo, che nel mondo visibile è l'unico vero soggetto di cultura, ne è anche l'oggetto e il termine. La cultura è ciò per cui l'uomo, in quanto uomo, diventa sempre più uomo.

Agli universitari di Ca' Foscari, Venezia, 17 giugno 1985

L'autentica cultura umana è cultura della libertà

L'autentica cultura umana è cultura della libertà che sgorga dalla profondità dello spirito, dalla lucidità del pensiero e dal generoso disinteresse dell'amore. Fuori della libertà non può esserci cultura.

Agli uomini di cultura a Rio de Janeiro, Brasile, 1° luglio 1980

La cultura è la via regia della liberazione dalle varie forme di schiavitù

Riconoscere nella cultura la "via regia" della liberazione dalle varie forme di schiavitù che, oggi come ieri, anzi oggi più di ieri, soffocano e minacciano, in una forma o nell'altra, la dignità della persona umana (...). Ecco un primo compito della cultura: quello di ricostruire incessantemente la memoria dell'uomo in funzione dei compiti sempre nuovi che lo attendono (...). La cultura è fautrice di pace. È invito al superamento di ogni dissidio, di ogni lacerazione (...), cultura della pace.

Discorso nel salone dei Cinquecento a Palazzo Vecchio,
Firenze, 18 ottobre 1986

Inserire Cristo nella cultura d'oggi per rigenerarla dal di dentro

Occorre proporre con chiarezza, con forte e dolce capacità di persuasione, l'unica risposta autentica e adeguata, che è Cristo, perfetto modello dell'uomo. Occorre inserire questa risposta della fede nella mutevole cultura di oggi, per rigenerarla dal di dentro, liberarla dalle sue molteplici schiavitù e aprirla ai veri valori.

All'assemblea nazionale dell'Azione Cattolica Italiana,
Roma, 25 aprile 1986

La risposta valida alla sete di valori è l'umanesimo cristiano

Nel contesto culturale attuale, segnato spesso da incertezze e dubbi che mortificano i fondamentali valori spirituali, l'umanesimo cristiano – perenne nella sua sostanza, ma sempre nuovo nel suo approccio e nella sua presentazione – offre una risposta valida alla sete di valori e di vita veramente umana che brucia nell'animo di ogni persona pensosa del proprio destino.

Alla seconda sessione pubblica delle Pontificie Accademie,
Roma, 3 novembre 1997

Il patrimonio filosofico, teologico, culturale della Chiesa può sollevare l'uomo dalla sua angoscia esistenziale

Molti contemporanei, specialmente giovani, sono delusi, perché promesse anche seducenti, che hanno segnato la seconda metà del ventesimo secolo, non di rado si sono rivelate mere utopie, incapaci di sollevare l'uomo dalla sua angoscia esistenziale. Non sono pochi coloro che hanno oggi la sensazione di camminare in un vicolo cieco. Compito dei cristiani (...) è di diffondere la conoscenza dell'umanesimo cristiano, soprattutto quando la verità sull'uomo viene oscurata o negata da posizioni concettuali che non ne rispettano la specifica dignità. Con l'umiltà dei discepoli e la fortezza dei testimoni (...) avete l'esaltante missione di approfondire il patrimonio filosofico, teologico, culturale della Chiesa, per farne partecipi quanti sono alla ricerca di una risposta appagante.

Alla seconda sessione pubblica delle Pontificie Accademie,
Roma, 3 novembre 1997

Gli insegnanti aiutino gli alunni a spalancare una finestra sull'infinito trascendente di Dio

La scuola e la cultura devono (...) essere aperte a tutti gli interrogativi e ai perché dell'uomo, anche ai più profondi, a cominciare da quelli che riguardano le ragioni del vivere e del morire, il senso ultimo dell'esistenza, il significato del bene e del male (...). La filosofia, le scienze, l'arte, la letteratura, la musica, documentano l'esistenza del mondo dello spirito, e mostrano che nel cuore dell'uomo vi è un desiderio infinito e inappagato di verità, di bellezza, di ordine, di armonia, di amore che non trova esauriente risposta nelle realtà terrene. Lo sviluppo storico dell'intero genere umano (...) si pone interrogativi che superano i confini del tempo e dello spazio e postulano approdi che varcano le frontiere stesse della storia (...). Siete voi, insegnanti, che potete aiutare gli alunni a fare di queste frontiere non una barriera invalicabile che delimita i confini di un mondo angusto, ma una finestra spalancata sull'infinito trascendente di Dio.

Al congresso dell'Unione Cattolica Insegnanti Medi,
Roma, 13 marzo 1986

La relazione pedagogica va vissuta in spirito di amore

Ogni intervento educativo deve riferirsi sempre alla persona dello studente nella sua originalità e globalità. La relazione pedagogica va, pertanto, vissuta in spirito di amore. Ciò comporta offerta della reciproca fiducia e impegno alla collaborazione tra docente e alunno (...). Ai giovani bisogna guardare con fiducia; occorre dialogare con essi mediante un linguaggio aperto e diretto, accreditato dalla coerenza della vita; ad essi aprire i "cantieri" della storia, coinvolgendoli in progetti culturali animati dalla sapienza del Vangelo (...). Per assolvere un compito tanto impegnativo (...) occorre attingere ogni giorno alla logica luminosa della fede e alla sorgente inesauribile della preghiera.

Al congresso nazionale Unione Cattolica Insegnanti Medi,
Roma, 18 febbraio 1997

Lo studio è lavoro di responsabilità

Lo studio, nel senso tecnico e preciso, è innanzitutto lavoro dell'intelletto alla ricerca della verità da conoscere e comunicare. Se "lavoro" vuol dire: disciplina, metodo, fatica. Lo studio è certamente tutto questo (...). Lo studio, però, non è soltanto lavoro dell'intelletto: è anche lavoro della volontà (...). Ma quando diciamo "volontà", diciamo "responsabilità" (...). Da ciò comprendiamo che "lo studio come lavoro" è espressione, nella quale è evocato quel "lavoro" che dobbiamo compiere su di noi stessi per maturare come uomini, più ancora come cristiani.

Agli studenti di "Univ '83", Roma, 29 marzo 1983

I valori emergenti che attraggono i giovani

L'educatore moderno deve saper leggere attentamente i segni dei tempi per individuarne i valori emergenti che attraggono i giovani: la pace, la libertà, la giustizia, la comunione e la partecipazione, la promozione della donna, la solidarietà, lo sviluppo, le urgenze ecologiche.

Juvenum Patris, 10

La Chiesa e l'Università hanno in comune il fine di formare un uomo maturo

Gli orizzonti scientifici ed umanistici, ai quali prepara l'Università, richiedono di essere coordinati in una visione unitaria, che accolga tutto l'uomo e gli indichi il senso del suo cercare e lavorare sopra la terra (...). Chiesa e Università sono impegnate a promuovere questa vita specifica dell'uomo, che lo porta alla visione di Dio. Per questo alle origini dell'Università si trova la presenza della Chiesa, la quale ha sempre guardato con stima e simpatia quel laboratorio del sapere, della ricerca e del servizio alla società che è l'Università (...). La Chiesa mancherebbe gravemente alla sua missione se non incontrasse l'Università. Tanto l'una quanto l'altra, infatti, hanno in comune il grande fine di formare un uomo maturo, anche se la Chiesa va oltre, giacché per essa "uomo perfetto" è solo colui che è giunto alla piena conoscenza di Cristo.

Agli universitari di Roma, 14 dicembre 1989

Gli intellettuali non si chiudano nella loro individualistica torre d'avorio

Non siate solo intellettuali che riflettono, valutano e contemplano la verità, chiusi come in una loro individualistica torre d'avorio. Non lasciate che soltanto voci isolate lancino messaggi alla coscienza e al mondo. Anche voi siete coinvolti solidalmente in un impegno profetico di formazione di coscienze sensibili e capaci di dire "no" alla morte, all'odio, alla violenza, al terrore, all'errore, al male, alla degradazione: a dire invece "sì" al bene, al bello, alla verità, alla giustizia, alla responsabilità, alla vita, alla pace, all'amore. Assumete anche voi le vostre responsabilità, consapevolmente!

Agli intellettuali europei convenuti a Roma per l'Anno Santo, 15 dicembre 1983

Arte

La Chiesa ha un'attenta premura nei confronti dell'arte

È proprio per amore del vero e del bene che la Chiesa ha avuto e ha sempre un'attenta premura nei confronti dell'arte, in tutte le sue espressioni. L'arte genuina, infatti, è sempre un'esperienza di verità non solo da parte di chi ne fruisce, ma anche e soprattutto di chi la realizza, poiché l'uomo intende fissare nel segno artistico la percezione della bellezza e del dramma dell'esistenza umana.

Al concerto sinfonico offerto dalla RAI, 11 novembre 1989

Se animate da afflato spirituale, le opere d'arte possono aiutare l'anima nella ricerca di Dio

I "beni culturali" sono destinati alla promozione dell'uomo e, nel contesto ecclesiale, assumono un significato specifico in quanto sono ordinati all'evangelizzazione, al culto e alla carità. La loro tipologia è varia: pittura, scultura, architettura, mosaico, musica, opere letterarie, teatrali e cinematografiche. In queste varie forme artistiche si esprime la forza creativa del genio umano che, mediante figurazioni simboliche, si fa interprete di un messaggio che trascende la realtà. Se animate da afflato spirituale, tali opere possono aiutare l'anima nella ricerca delle cose divine e possono giungere anche a costituire pagine interessanti di catechesi e di ascesi.

All'assemblea della Pontificia commissione per i beni culturali della Chiesa, 25 settembre 1997

L'arte aiuta l'uomo a fare esperienza di Dio, il quale raccoglie in sé tutto ciò che è buono, bello e vero

In Dio (...) la bellezza non è un attributo derivato, ma coincide con la sua stessa realtà (...). Quando la Chiesa chiama l'arte ad affiancare la propria missione, non è soltanto per ragioni di estetica, ma per obbedire alla "logica" stessa della rivelazione e dell'incarnazione. Non si tratta di addolcire con immagini tonificanti il cammino aspro dell'uomo, ma di offrirgli la possibilità di fare fin d'ora una qualche esperienza di Dio, il quale raccoglie in sé tutto ciò che è buono, bello, vero.

All'assemblea plenaria per i beni culturali della Chiesa, 12 ottobre 1995

Gli artisti sono tra i benefattori più grandi dell'umanità poiché ne alimentano la sua spiritualità

Gli artisti sono da enumerare tra i benefattori più grandi dell'umanità, tra gli operatori più efficaci della sua salvezza, perché alimentano il senso qualificante, essenziale dell'uomo, che è la sua spiritualità. L'uomo, contemplando l'arte e la bellezza, vi si abbandona come alla sollecitazione delle sue elevazioni più genuinamente umane, cioè spirituali; e perciò sente e trasmette l'incanto della spiritualità purissima, Dio, che di ogni spiritualità creata è origine e fine.

All'Unione cattolica artisti italiani, Roma, 1° marzo 1986

Lo "spirito divino" rende spiritualmente fecondo il talento naturale

L'artista credente deve essere consapevole che il talento dell'arte è dono di Dio (...): l'artista cristiano confida di ricevere ed implora da Dio quello "spirito divino" che renda spiritualmente fecondo il talento naturale, specie quando esso è chiamato ad eseguire opere d'arte religiosa e liturgica. È ben vero che il genio dell'artista può creare lavori eminenti in tali campi anche a prescindere dalla sua fede religiosa; ma, se al talento naturale si aggiungono consapevolmente le virtù teologali vissute della fede, speranza e carità, queste diventano sollecitazione potente all'opera dell'uomo rivolta ad illustrare col magistero dell'arte i misteri del cristianesimo.

All'Unione cattolica artisti italiani, Roma, 1° marzo 1986

L'arte della musica sacra ci aiuta a entrare nello spirito di preghiera

Abbiamo avuto una riprova di come il dialogo con Dio possa diventare nell'artista preghiera e poesia, implorazione e gioia, dramma e testimonianza di fede. Lo abbiamo sentito nell'intensa invocazione del nome di Cristo e nella pacata invocazione dell'Ave Maria, nella meditata espressione di una sentita fede popolare. Tutto questo ci conferma con quanta efficacia l'arte della musica ci aiuti a entrare nello spirito di preghiera e come sia elevata espressione di Dio.

Al concerto sinfonico offerto dalla RAI, 3 dicembre 1988

Le diverse manifestazioni artistiche devono essere sottoposte a verifica attenta

Le diverse manifestazioni artistiche (...), che hanno costituito un veicolo privilegiato della seminagione evangelica, esigono in questa fine di millennio una verifica attenta ed una critica lungimirante, perché si rendano capaci di nuova forza creativa ed offrano il loro apporto alla realizzazione della "civiltà dell'amore".

All'assemblea della Pontificia commissione per i beni culturali della Chiesa, 25 settembre 1997

Quando la grande musica diventa preghiera, attinge l'inesprimibile

Il misterioso e affascinante linguaggio della musica si è fuso con il linguaggio della fede, suscitando profonde risonanze nell'io più intimo dell'uomo, consapevole della propria fragilità di fronte a Dio e pur capace di dialogare con Lui e di invocarlo filialmente nella preghiera. E quando la grande, la vera musica, diventa preghiera, attinge l'inesprimibile. Formulo sinceri voti perché l'accademia musicale "Ottorino Respighi" continui a diffondere i valori etici e spirituali mediante la musica, in particolare la musica religiosa: è questa una missione altamente nobile ed autenticamente culturale.

Al concerto offerto dall'accademia musicale Ottorino Respighi,
Roma, 24 luglio 1988

Sulla strada della musica ci può venire incontro Gesù

La fede si esprime anche col canto. La fede ci fa cantare nella vita la gioia di essere figli di Dio. Voi tutti, artisti e giovani presenti, che saluto con affetto, mediante la musica e il canto esprimete, "sulle cetre del nostro tempo", parole di pace, di speranza, di solidarietà. Questa sera musica e poesia hanno dato voce agli interrogativi ed agli ideali della vostra giovinezza. Sulla strada della musica, questa sera, vi viene incontro Gesù.

Ai giovani, a Bologna, 27 settembre 1997

Nella danza l'uomo, la donna, il giovane parlano con il corpo

La danza è una categoria dell'arte molto tradizionale, sempre moderna, nella quale l'uomo, la donna, il giovane, non parlano con le parole, ma parlano con una coreografia, con i gesti, con la bellezza di questi gesti, parlano con il corpo. Questo ci dice che cosa è l'uomo: uno che parla anche con il corpo. Il suo corpo ha anche un linguaggio ed il linguaggio serve a manifestare sempre un messaggio. Nella danza, forse ancor più che nelle altre categorie dell'arte, si vede come l'uomo è determinato dalla sua natura intellettuale. Anche l'uomo è un verbo, una parola. Quando danza, parla, si esprime.

Ai giovani del Triveneto, Arena di Verona, 17 aprile 1988

Musica e coreografia ci aiutano a riflettere e a pregare

Carissimi giovani, vi ringrazio per questa festa, che avete voluto organizzare come una sorta di dialogo a più voci, dove musica e coreografia ci aiutano a riflettere e a pregare. Poco fa un vostro rappresentante ha detto, a vostro nome, che la risposta alle domande della vostra vita «sta soffiando nel vento». È vero! Però non nel vento che tutto disperde nei vortici del nulla, ma nel vento che è soffio e voce dello spirito, voce che chiama e dice «vieni!».

Al Congresso eucaristico nazionale, Bologna, 27 settembre 1997

INFORMAZIONE E MEZZI DI COMUNICAZIONE

I mezzi di comunicazione sociale devono servire i bisogni delle persone

I mezzi di comunicazione sociale sono precisamente dei mezzi "sociali" di comunicazione. Essi devono rispettare e servire i bisogni e i diritti delle società, delle famiglie, degli individui, particolarmente in ciò che riguarda la cultura e l'educazione, invece di sottomettersi alle leggi dell'interesse, del sensazionale o del risultato immediato.

All'Union catholique international de la Presse, Roma, 25 settembre 1980

Un nesso intimo lega comunicazione ed educazione ai valori

L'informazione, a ben riflettere, non è mai neutra, ma risponde sempre, almeno implicitamente e nelle intenzioni, a scelte di fondo. Un intimo nesso lega comunicazione ed educazione ai valori. Abili sottolineature o forzature, come pure dosati silenzi, rivestono, nella comunicazione, un profondo significato (...). La comunicazione sociale, se vuole essere strumento di pace, dovrà superare le considerazioni unilaterali e parziali, rimovendo pregiudizi, creando invece uno spirito di comprensione e di reciproca solidarietà (...). La comunicazione sociale promuove la pace se i professionisti dell'informazione sono operatori di pace.

Per la Giornata mondiale delle comunicazioni sociali, 25 marzo 1983

Chi informa deve cercare la verità per se stessa

L'uomo che ha scelto la professione d'informare deve cercare appassionatamente la verità per se stessa, perché amarla in funzione d'altro sarebbe già un rinunciare ad essa.

All'Associazione della stampa estera in Italia, Roma, 17 gennaio 1988

Si deve respingere ogni forma di monopolizzazione e manipolazione della comunicazione

Nell'impiego e nella recezione degli strumenti di comunicazione urgono sia un'opera educativa al senso critico, animato dalla passione per la verità, sia un'opera di difesa della libertà, del rispetto alla dignità personale, dell'elevazione dell'autentica cultura dei popoli, mediante il rifiuto fermo e coraggioso di ogni forma di monopolizzazione e di manipolazione.

Christifideles Laici, 44

La libertà di informazione è sintesi vitale di autonomia, verità, senso del bene comune e senso di responsabilità

L'informazione non è fine a se stessa (...). Il fine dell'informazione è servire la vita, dare dignità alla vita, favorire la solidarietà del vivere, stimolare l'impegno di tutti a costruire un mondo degno della grandezza dell'uomo e dell'amore infinito di Dio. Di qui l'irrinunciabile dimensione etica della comunicazione, dalla quale deriva la esigenza obiettiva della competenza professionale e della responsabilità morale (...). Volendo dunque tracciare l'identikit di una autentica libertà di informazione, potremmo dire che essa consiste nella sintesi vitale tra autonomia, verità, senso del bene comune e senso di responsabilità.

Ai giornalisti cattolici, Roma, 10 febbraio 1989

Come riunire insieme la strategia della fiducia e la strategia della comunicazione

Come riunire insieme la strategia della fiducia e la strategia della comunicazione? (...) Anzitutto bisogna prendere coscienza o, in altri termini, fare opera d'intelligenza (...); denunciare tutte le cause di violenza e di conflitto (...); agire per e con gli altri (...); superare tutti gli ostacoli alle opere di giustizia in vista della pace (...); contribuire a rendere la pace possibile attraverso la giustizia (...); divulgare con insistenza tutto ciò che può aiutare a far comprendere e a far vivere la pace e la giustizia fino agli sforzi delle assisi internazionali (...); affermare tutte le condizioni basilari in vista della giustizia e della pace: i diritti inalienabili della persona umana, le libertà fondamentali dell'uguaglianza e in vista di una partecipazione di tutti al bene comune, il rispetto delle sovranità legittime, i doveri di assistenza (...). Ma soprattutto bisogna mettere in luce i valori della vita.

Per la Giornata mondiale delle comunicazioni sociali, 24 gennaio 1987

I comunicatori devono usare un linguaggio chiaro, aperto, comprensibile, prudente e semplice

La libertà di comunicare (...) mediante l'uso di un linguaggio chiaro, aperto, comprensibile, prudente e semplice, permette al lettore di affrontare i problemi del nostro tempo nella loro complessità, fornendo gli elementi di giudizio e di conoscenza sufficienti per affrontarli; aiutandolo nelle scelte, per essere voce attiva nel contesto sociale, politico e religioso che ferve nella comunità di oggi.

Ai giornalisti cattolici, Roma, 10 febbraio 1989

I giornalisti devono saper ascoltare le esigenze e le necessità della gente

I giornalisti «come comunicatori, debbono ascoltare oltre

che parlare». Ascoltare le esigenze e le necessità della gente (...). Il giornalista che non ascolta l'uomo, finirà per disprezzarlo. Ascoltare l'uomo è rispettarlo nell'affrontarne i problemi individuali e sociali. È inoltre promuoverne l'educazione e il riposo. Ma è soprattutto fornirgli (...) un'informazione che sia al di là di interessi personali o di parte (...): essendo indipendente, non si piega a concezioni ideologiche o a compromessi di potere.

All'Associazione della stampa estera in Italia, Roma, 17 gennaio 1988

La manipolazione dell'informazione crea incomunicabilità fra le persone

Non mi sfugge il rischio che un uso distorto delle più avanzate tecnologie informatiche e telematiche può indurre, consentendo pericolose forme di manipolazione, il cui ultimo sbocco sarebbe, paradossalmente, la incomunicabilità fra le persone. È questo un problema di rilevanza non solo etica, ma anche sociale e politica (...). La vera grandezza di ogni impresa, sia essa di ricerca, di produzione o di distribuzione di beni o di servizi, deriva dal contributo che essa riesce ad offrire alla crescita dell'uomo. E la vera grandezza di un operatore della comunicazione sta nel trarne stimolo per aggiungere un supplemento di umanità al proprio lavoro, un supplemento d'anima al proprio impegno.

Agli operatori delle telecomunicazioni, Santa Maria Capua Vetere, 24 maggio 1992

I mezzi di comunicazione sociale non devono manipolare telespettatori, lettori e ascoltatori

Non si deve mai dimenticare che la comunicazione trasmessa attraverso i mezzi di comunicazione sociale non è un esercizio utilitaristico volto semplicemente a sollecitare, persuadere o vendere. Ancor meno, essa è un veicolo per l'ideologia. I mezzi di comunicazione sociale possono a volte ridurre gli esseri umani a unità di consumo o a gruppi di interesse in competizione fra loro, o manipolare telespettatori, lettori e ascoltatori come mere cifre dalle quali si attendono dei vantaggi, siano essi legati ad un sostegno di tipo politico o alla vendita di prodotti; sono queste cose a distruggere la comunità.

Per la Giornata mondiale delle comunicazioni sociali, 24 maggio 1998

Le scene di violenza e sesso nel cinema coartano la libertà dei più deboli

Tra gli strumenti della comunicazione sociale, il cinema è ormai uno strumento molto diffuso e apprezzato e da esso partono spesso messaggi in grado di influenzare e condizionare le scelte del pubblico, soprattutto di quello più giovane, in quanto forma di comunicazione che si basa non tanto sulle parole, quanto su fatti concreti, espressi con immagini di grande impatto sugli spettatori e sul loro subconscio.
Il cinema, oltre ad avere il potere e il merito grande di contribuire alla crescita culturale ed umana dell'individuo, può coartare la libertà soprattutto dei più deboli, può distorcere la verità, e si pone come specchio di comportamenti negativi con l'impiego di scene di violenza e di sesso offensive della dignità della persona, con lo scopo di «suscitare emozioni violente per stimolare l'attenzione dello spettatore».

Per la Giornata mondiale delle comunicazioni sociali, 6 gennaio 1995

Chi lavora nel settore del cinema realizzi opere che stimolino alla riflessione

Coloro che lavorano nel delicato settore del cinema, in quanto comunicatori, devono mostrarsi aperti al dialogo e alla realtà che li circonda, impegnandosi a sottolineare gli eventi più importanti con la realizzazione di opere che stimolino alla riflessione.

Per la Giornata mondiale delle comunicazioni sociali, 6 gennaio 1995

È compito dei genitori saper scegliere, per l'educazione dei figli, tra i messaggi veicolati dalla comunicazione

È compito dei genitori educare se stessi, e con sé i figli, a capire il valore della comunicazione, a saper scegliere tra i vari messaggi da essa veicolati, a recepire i messaggi scelti non lasciandosene sopraffare, ma reagendo in forma responsabile ed autonoma (...). In questo impegno delicato le famiglie devono poter contare in non piccola misura sulla buona volontà, sulla rettitudine e sul senso di responsabilità dei professionisti dei "media": editori, scrittori, produttori, direttori, drammaturghi, informatori, commentatori e attori, categorie tutte, nelle quali è prevalente la presenza dei laici.

Per la Giornata mondiale delle comunicazioni sociali, 1° maggio 1980

Gli insegnanti sviluppino negli allievi un atteggiamento critico nei confronti del linguaggio cinematografico

Per assicurare piena e completa comprensione dei messaggi (...) è anche importante curare la formazione dei recettori al linguaggio cinematografico (...). Sarebbe opportuno che già nelle scuole gli insegnanti dedicassero attenzione al problema, sensibilizzando gli studenti alle immagini e sviluppando nel tempo il loro atteggiamento critico nei confronti di un linguaggio che ormai è parte integrante della nostra cultura, anche perché l'applicazione della tecnologia della comunicazione è stata solo in parte un beneficio e (...) la sua utilizzazione consapevole necessita di valori sani e di scelte avvedute da parte degli individui, del settore privato, dei governi e dell'insieme della società.

Per la Giornata mondiale delle comunicazioni sociali, 6 gennaio 1995

Il mondo dei mass-media rappresenta una nuova frontiera per la Chiesa

Anche il mondo dei mass-media, in seguito all'accelerato

sviluppo innovativo e all'influsso insieme planetario e capillare sulla formazione della mentalità e del costume, rappresenta una nuova frontiera della missione della Chiesa. In particolare, la responsabilità professionale dei fedeli laici in questo campo, esercitata sia a titolo personale sia mediante iniziative e istituzioni comunitarie, esige di essere riconosciuta in tutto il suo valore e sostenuta con più adeguate risorse materiali, intellettuali e pastorali.

Christifideles Laici, 44

La Chiesa ha bisogno dei mezzi di comunicazione per la sua missione salvifica

La Chiesa non teme i mezzi di comunicazione sociale, al contrario, ha bisogno di essi per la sua missione salvifica, cioè per l'evangelizzazione (...). I mezzi di comunicazione usati in modo corretto rendono un grande servizio agli uomini. Devono, tuttavia, trasmettere un'informazione precisa e onesta, conforme alla verità, e devono anche arricchire lo spirito, curando la formazione religiosa e morale dei loro ascoltatori. Perfezionando le coscienze umane, contribuiscono in tal modo al bene comune, allo sviluppo di tutta la società e di tutta la nazione.

Al pellegrinaggio polacco di Radio Maria, 16 ottobre 1997

La presenza dei cattolici nel settore dell'informazione deve essere più qualificata

Di fronte a tante voci che riversano nel mondo i loro messaggi umani, la loro pubblicità, è legittimo, anzi doveroso, il richiamo a una più qualificata presenza dei cattolici nel settore sempre più vasto dell'informazione (...). Penso che occorra un sempre maggiore impegno per qualificare e valorizzare meglio le diverse forme dei cattolici già operanti nei giornali, nella radio e nella televisione, oltreché crearne eventualmente di nuove là dove fosse utile e necessario.

Ai giornalisti cattolici, Roma, 10 febbraio 1989

La preghiera teletrasmessa reca beneficio spirituale

Chi può avvertire dove va a cadere la semente sparsa attraverso le onde di una emittente? Non è raro che raggiunga benefica anche qualche persona dubbiosa o lontana, che si sta interrogando sul significato della vita. (...) Quale beneficio spirituale reca alle famiglie, e specialmente alle persone sole, anziane e ammalate la preghiera radioteletrasmessa!

Agli operatori di Radiotelepace, Verona, 17 aprile 1988

ATTIVITÀ SPORTIVA E CURA DEL CORPO. TURISMO

Bisogna ridare allo sport la capacità di suscitare e sostenere alcune esigenze umane profonde

Lo sport è oggi caratterizzato da una domanda di qualità e di senso. Si avverte la necessità di ridare allo sport non solo una rinnovata e continua dignità, ma soprattutto la capacità di suscitare e di sostenere alcune esigenze umane più profonde, come sono quelle del rispetto reciproco, di una libertà non vuota ma finalizzata, della rinuncia in funzione di uno scopo.

Al convegno promosso dalla CEI, Roma, 25 novembre 1989

L'attività atletica può favorire la crescita delle energie interiori

L'attività atletica, se svolta secondo giusti criteri, tende a sviluppare nell'organismo forza, destrezza, resistenza e armonia di modi, e favorisce contemporaneamente la crescita delle stesse energie interiori, diventando scuola di lealtà, di coraggio, di sopportazione, di risolutezza, di fratellanza.

Ad atleti italiani e argentini, Roma, 25 maggio 1979

L'agonismo sportivo deve essere subordinato alle esigenze dello spirito

Voi giovani sportivi (...) offrite, in modo eminente, uno

spettacolo di fortezza, di lealtà e di autocontrollo, e ancora perché avete, in maniera spiccata, il senso dell'onore, dell'amicizia e della fraterna solidarietà (...). L'agonismo sportivo, pur così nobile in se stesso, non deve essere fine a se stesso, ma subordinato alle esigenze, ben più nobili, dello spirito. Mentre vi ripeto: siate bravi sportivi, vi dico anche: siate bravi cittadini nella vita familiare e sociale e, più ancora siate bravi cristiani, che sanno dare un senso superiore alla vita.

Ai calciatori del Bologna, 9 dicembre 1978

L'attività sportiva non deve essere inquinata da interessi che le sono estranei

Bisogna che lo sport non perda la sua dimensione umana, fatta di gioco, di libertà, di socialità e di contatto con la natura. Spesso invece assistiamo ad una degenerazione dell'attività sportiva, inquinata da interessi che le sono estranei e che a volte finiscono per prevalere sulla stessa salute morale, mentale e, paradossalmente, addirittura sulla vita delle persone (...). Lo sport deve sempre rimanere un'occasione di festa e di sano divertimento, in cui il concorrente va rispettato e considerato prima di tutto come un compagno di gioco.

Ai soci del Centro sportivo italiano, Roma, 25 giugno 1994

La violenza è una mostruosa assurdità quando viene attuata in occasione delle manifestazioni sportive

Lo sport ha come fine l'uomo, tutto l'uomo, nella sua dimensione corporale e in quella spirituale. L'agonismo è importante proprio perché rappresenta una liberazione dal peso della giornata, dal lavoro stressante o noioso, dalle occupazioni e preoccupazioni della vita, e in pari tempo è un momento di ricreazione e di realizzazione di se stessi nel modo che meglio risponda alle capacità e alle aspirazioni di ciascuno. Queste finalità, essenziali a tutti gli sport, devono non meno informare quello professionistico, il quale (...) si trasforma in spettacolo ed è più esposto alle tentazioni della violenza. Purtroppo è proprio in questi "spettacoli" che il senso dello sport viene stravolto verso finalità estranee o addirittura contrarie alla sua stessa natura. Esso viene allora sfruttato per altri fini e, quel che è peggio, si profitta a volte di tali manifestazioni per dar sfogo alle ignobili passioni dell'odio, della rivalità e della vendetta, trasformando così luoghi e momenti di divertimento, di gioia e di serenità in luoghi di spavento, di terrore e di lutto (...). La violenza è sempre un'offesa, un insulto all'uomo, sia di chi la compie, sia di chi la subisce. Ma essa è un controsenso, una mostruosa assurdità quando viene attuata in occasione delle manifestazioni sportive, negli stadi o altrove, perché lo sport ha di mira la gioia e non il terrore, il divertimento e non lo spavento, la solidarietà e non l'odio, la fratellanza e non la divisione.

Ai soci della fondazione Re Cecconi, Roma, 28 gennaio 1980

Lo sport agonistico può divenire un veicolo di fraternità e amicizia per gli spettatori

Se lo sport è praticato, anche nel contesto agonistico, come occasione per esaltare la dignità della persona, esso può divenire un veicolo di fraternità e di amicizia per tutti coloro che prestano attenzione agli avvenimenti sportivi (...). Anche lo spettatore deve saper rispettare la regola fondamentale dello sport, come confronto leale e generoso, luogo d'incontro, vincolo di solidarietà (...). Se si sanno, in una parola, rispettare sempre i valori fondamentali della persona umana, fine e metro di ogni attività sportiva, allora lo sport può contribuire a diffondere anche sulle masse degli spettatori un più autentico spirito di fraternità e di pace.

Alla Federazione internazionale cattolica di educazione fisica,
Roma, 3 aprile 1986

Migliorare l'essere umano nella sua corporeità è celebrazione di vita

Quanto contribuisce a migliorare l'essere umano, anche nella sua corporeità, è celebrazione della vita e servizio alla sua più degna qualità.

Al congresso nazionale della Società italiana di odontostomatologia, Roma, 9 dicembre 1989

Nell'efficienza e nella bellezza fisica si manifesta e opera la dimensione spirituale dell'uomo

Efficienza e bellezza fisica sono fattori di piena valorizzazione dell'uomo, giacché in esse si manifesta e opera la sua dimensione spirituale, protesa ad assolvere in maniera idonea i compiti ricevuti dal Creatore.

Al congresso nazionale della Società italiana di odontostomatologia, Roma, 9 dicembre 1989

L'uomo deve essere bello soprattutto interiormente

L'uomo deve essere bello soprattutto interiormente. Senza questa bellezza, tutti gli sforzi diretti al solo corpo non faranno – né di lui, né di lei – una persona veramente bella.

Udienza generale, 22 novembre 1978

La mancanza della virtù della temperanza porta danno alla salute

La virtù della temperanza è addirittura indispensabile perché l'uomo "sia" pienamente uomo. Basta guardare qualcuno che, trascinato dalle sue passioni, ne diventa "vittima", rinunciando da se stesso all'uso della ragione (come, ad esempio, un alcolizzato, un drogato) e constatiamo con chiarezza che "essere uomo" significa rispettare la propria dignità, e perciò, fra l'altro, farsi guidare dalla virtù della temperanza (...). Del resto, non è proprio il corpo a subire danni sensibili e spesso anche rilevanti alla salute, se manca all'uomo la virtù della temperanza, della sobrietà? A questo proposito, molto potrebbero dire le statistiche e le cartelle cliniche di tutti gli ospedali del mondo (...). È vero che non possiamo giudicare la virtù basandoci esclusivamente sul criterio della salute psicofisica, tuttavia numerose sono le prove che la mancanza della virtù della temperanza, della sobrietà, porta danno alla salute.

Udienza generale, 22 novembre 1978

Il tempo libero è tempo "per vivere"

La Chiesa non può ignorare questo nuovo aspetto della vita degli uomini, che si sviluppa, soprattutto nei paesi industrializzati, cioè il "tempo libero", di cui una parte importante è dedicata al turismo (...), tempo libero spesso qualificato come "tempo per vivere" (...). Bisogna che il turista abbia uno sguardo sveglio e, in una parola, "benevolo", uno sguardo educato che sappia vedere il bene, che gusti la bellezza, che colga il vero sia nelle più alte opere d'arte, sia nella vita quotidiana delle popolazioni incontrate (...).

Al congresso mondiale della pastorale del turismo, Roma, 17 novembre 1990

Il viaggio turistico trasformi le semplici visite in autentici incontri tra gli uomini di ogni razza e cultura

Il turismo, che conosce ai nostri giorni una grande espansione, non può perdere di vista il suo scopo essenziale: l'uomo, l'uomo più aperto al mondo, più capace di riconoscere le altre tradizioni di saggezza e di pensiero religioso (...). L'occasione che il turismo rappresenta per l'uomo oggi è precisamente di permettere, mediante una educazione ben condotta, che il viaggiare rispettoso degli uni e l'ospitalità aperta degli altri possano trasformare le semplici visite in autentici incontri (...). Formulo voti perché il turismo, giustamente controllato, possa servire allo sviluppo armonico delle nazioni e alla scoperta dei doni che il Creatore e Padre di tutti ha seminato a profusione nell'universo e nel cuore degli uomini di ogni razza, di ogni lingua e di ogni cultura. Questi sono cammini di pace.

Ai membri del consiglio esecutivo dell'Organizzazione mondiale del turismo, Roma, 26 novembre 1992

Attraverso la natura e le persone il turismo è capace di condurre l'uomo al Creatore

Il turismo (...) facilita la reciproca conoscenza degli uomini, aiuta il superamento di atavici pregiudizi, riduce le distanze tra i popoli, promuove quel superiore processo per cui gli uomini, oggi più strettamente uniti da vari vincoli sociali, tecnici, culturali, possono anche conseguire una piena unità in Cristo (...). L'uomo deve essere aiutato a sviluppare il rispetto per la natura (...). Attraverso la natura, e soprattutto attraverso le persone, il turismo è capace di condurre l'uomo al Creatore, cioè alla fonte della vita.

Per la Giornata mondiale del turismo, 8 settembre 1980

È bene esperimentare fisicamente, attraverso il viaggio-pellegrinaggio, che siamo "pellegrini" su questa terra

Per i cristiani c'è anche una forma particolare di viaggio e di turismo che consiste nel prendere la strada dei pellegrinaggi, delle strade percorse per andare verso Dio. È bene che il popolo cristiano provi in qualche modo fisicamente che egli è "pellegrino" su questa terra.

Al congresso mondiale della pastorale del turismo, Roma, 17 novembre 1990

Libertà e coscienza morale

La libertà è connaturale alla persona umana

La libertà nella sua essenza è interna all'uomo, connaturale alla persona umana, ed è segno distintivo della sua natura (...). L'uomo, in quanto creato a immagine di Dio, è inseparabile dalla libertà (...), che costituisce un suo diritto fondamentale, sia come individuo che come membro della società (...). Essere libero significa potere e volere scegliere, significa vivere secondo la propria coscienza.

Per la Giornata mondiale della pace 1981, 8 dicembre 1980

L'uomo deve poter fare le sue scelte in funzione dei valori

L'uomo deve poter fare le sue scelte in funzione dei valori, ai quali concede la propria adesione (...), ed è compito della società favorire questa libertà, tenendo conto del bene comune.

Per la Giornata mondiale della pace 1981, 8 dicembre 1980

La libertà si sostanzia ed esercita intorno a contenuti etici

La libertà non può ridursi né ad un semplice motto programmatico, né ad una indifferenza muta e cieca di fronte ad opposte scelte, di fronte a valori e non-valori, ma deve sostanziarsi ed esercitarsi intorno a contenuti etici, nei quali si realizza nella sua pienezza la dignità dell'uomo.

Ai capitani reggenti di San Marino, 18 settembre 1980

La libertà cammina di pari passo col senso della responsabilità

La libertà non è un regalo: essa dev'essere incessantemente conquistata. Essa cammina di pari passo col senso della responsabilità che grava su ciascuno. Non si possono rendere liberi gli uomini, senza renderli al tempo stesso più coscienti delle esigenze del bene comune e più responsabili.

Per la Giornata mondiale della pace 1981, 8 dicembre 1980

La società dei consumi, materialista e permissiva, confonde la libertà con la licenza

La libertà non è solamente un diritto che si reclama per sé: è anche un dovere che si assume nei riguardi degli altri. Per servire veramente la causa della pace, la libertà di ogni essere umano e di ogni comunità umana deve rispettare la libertà e i diritti degli altri, individuali o collettivi. In questo rispetto essa trova il suo limite, ma anche la sua logica e la sua dignità, perché l'uomo è per natura un essere sociale. In effetti, certe forme di "libertà" non meritano questo nome, e bisogna vigilare per difendere la libertà contro certe contraffazioni di tipo diverso. Ad esempio, la società dei consumi, questo eccesso di beni non necessari all'uomo (...); una società costruita su una base puramente materialista (...); la società permissiva, la quale confonde la libertà con la licenza di fare qualunque scelta e proclama, in nome della libertà, una specie di amoralismo generale.

Per la Giornata mondiale della pace 1981, 8 dicembre 1980

Senza libertà non c'è morale

Non si dà morale senza libertà: l'uomo può volgersi al bene soltanto nella libertà. Ma quale libertà? La vera libertà è nell'uomo segno altissimo dell'immagine divina. Dio volle, infatti, lasciare l'uomo «in mano al suo consiglio», così che esso cerchi spontaneamente il suo Creatore e giunga liberamente, con l'adesione a Lui, alla piena e beata perfezione. Se esiste il diritto di esser rispettati nel proprio cammino di ricerca della verità, esiste ancor prima l'obbligo morale grave per ciascuno di cercare la verità e di aderirvi, una volta conosciuta. In tale senso il card. J.H. Newman, eminente assertore dei diritti della coscienza, affermava con decisione: «La coscienza ha dei diritti perché ha dei doveri».

Veritatis Splendor, 34

La vera libertà è dono di sé

La vera libertà si misura con la prontezza al servizio e al dono di sé (...). Costruisce e non divide!

Al Congresso eucaristico internazionale di Wroclaw, Polonia, 1° giugno 1997

Libertà e obbedienza alla legge divina non sono incompatibili

Modellata su quella di Dio, la libertà dell'uomo non solo non è negata dalla sua obbedienza alla legge divina, ma soltanto mediante questa obbedienza essa permane nella verità ed è conforme alla dignità dell'uomo.

Veritatis Splendor, 42

Libertà è misura di maturità

La libertà è la misura della maturità di un uomo e di una nazione.

Per la Giornata mondiale della pace 1981, 8 dicembre 1980

La libertà rinnega se stessa quando non rispetta il legame con la verità

La libertà rinnega se stessa, si autodistrugge e si dispone all'eliminazione dell'altro quando non riconosce e non rispetta più il suo costitutivo legame con la verità. Ogni volta che la libertà (...) si chiude persino alle evidenze primarie di una verità oggettiva e comune, fondamento della vita personale e sociale, la persona finisce con l'assumere come unico e indiscutibile riferimento per le proprie scelte non più la verità sul bene e sul male, ma solo la sua soggettiva e mutevole opinione o, addirittura, il suo egoistico interesse e il suo capriccio.

Evangelium Vitae, 19

Prudente è colui che ascolta la voce della retta coscienza

Prudente non è colui che – come spesso si intende – sa arrangiarsi nella vita e sa trarne il maggior profitto; ma colui che sa costruire tutta la sua vita secondo la voce della retta coscienza e secondo le esigenze della giusta morale. Così la prudenza costituisce la chiave per la realizzazione del fondamentale compito che ognuno di noi ha ricevuto da Dio. Questo compito è la perfezione dell'uomo stesso. Dio ha dato a ciascuno di noi la sua umanità. È necessario che noi rispondiamo a questo compito programmandolo conseguentemente.

Udienza generale, 25 ottobre 1978

Davanti alle esigenze morali siamo tutti assolutamente uguali

Dinanzi alla coscienza non ci sono privilegi né eccezioni per nessuno. Essere il padrone del mondo o l'ultimo "miserabile" sulla faccia della terra non fa alcuna differenza: davanti alle esigenze morali siamo tutti assolutamente uguali.

Discorso al Corpo Diplomatico accreditato in Vaticano, 10 gennaio 1998

La coscienza è l'unico testimone

Secondo le parole di san Paolo, la coscienza, in un certo senso, pone l'uomo di fronte alla legge, diventando essa stessa "testimone" per l'uomo (...). La coscienza è l'unico testimone: ciò che avviene nell'intimo della persona è coperto agli occhi di chiunque dall'esterno. Essa rivolge la sua testimonianza soltanto verso la persona stessa. E, a sua volta, soltanto la persona conosce la propria risposta alla voce della coscienza.

Veritatis Splendor, 57

Nella coscienza si manifesta la voce di Dio

Cari giovani (...), non soffocate la vostra coscienza! La coscienza è il nucleo più segreto e il sacrario dell'uomo, dove egli si trova solo con Dio. Nell'intimo della coscienza l'uomo scopre una legge che non è lui a darsi, ma alla quale deve invece obbedire. Questa legge non è una legge umana esteriore, bensì la voce di Dio, che ci chiama a liberarci dalla morsa di desideri malvagi e dal peccato, e ci stimola a cercare ciò che è buono e vero. Solo ascoltando la voce di Dio nel vostro intimo, e agendo in conformità alle sue direttive, raggiungerete la libertà a cui anelate (...). Dio vi ha dato l'intelligenza per conoscere la verità, e la volontà di raggiungere ciò che è moralmente buono. Vi ha dato la luce della coscienza per guidare le vostre decisioni morali, per amare il bene ed evitare il male.

Per la Giornata mondiale della gioventù, Denver, USA, 14 agosto 1993

Peccato e perdono

Il peccato è sempre personale

Il peccato, in senso vero e proprio, è sempre un atto della persona, perché è un atto di libertà di un singolo uomo; e non propriamente di un gruppo o di una comunità. Quest'uomo può essere condizionato, premuto, spinto da non pochi né lievi fattori esterni, come anche può essere soggetto a tendenze, tare, abitudini legate alla sua condizione personale. In non pochi casi tali fattori esterni e interni possono attenuare, in maggiore o minore misura, la sua libertà e, quindi, la sua responsabilità e colpevolezza. Ma è una verità di fede, confermata anche dalla nostra esperienza e ragione, che la persona umana è libera. Non si può ignorare questa verità per scaricare su realtà esterne – le strutture, i sistemi, gli altri – il peccato dei singoli (...). In ogni uomo non c'è nulla di tanto personale e intrasferibile, quanto il merito della virtù o la responsabilità della colpa.

Reconciliatio et Paenitentia, 16

Il "secolarismo" mina il senso del peccato

Il "secolarismo", il quale per la sua stessa natura e definizione è un movimento di idee e di costumi, che propugna un umanesimo che astrae totalmente da Dio, tutto concentrato nel culto del fare e del produrre e travolto nell'ebbrezza del consumo e del piacere, senza preoccupazione per il pericolo di "perdere la propria anima", non può non minare il senso del peccato. Quest'ultimo si ridurrà tutt'al più a ciò che offende l'uomo. Ma proprio qui s'impone l'amara esperienza (...) che, cioè, l'uomo può costruire un mondo senza Dio, ma questo mondo finirà per ritorcersi contro l'uomo. In realtà, Dio è la radice e il fine supremo dell'uomo, e questi porta in sé un germe divino. Perciò, è la realtà di Dio che svela e illumina il mistero dell'uomo. È vano, quindi, sperare che prenda consistenza un senso del peccato nei confronti dell'uomo e dei valori umani, se manca il senso dell'offesa commessa contro Dio, cioè il senso vero del peccato.

Reconciliatio et Paenitentia, 18

L'individuo non può imputare tutte le colpe alla società e dichiararsi innocente

Svanisce questo senso del peccato nella società contemporanea anche per gli equivoci in cui si cade nell'apprendere certi risultati delle scienze umane. Così, in base a talune affermazioni della psicologia, la preoccupazione di non colpevolizzare o di non porre freni alla libertà porta a non riconoscere mai una mancanza. Per una indebita estrapolazione dei criteri della scienza sociologica si finisce (...) con lo scaricare sulla società tutte le colpe, di cui l'individuo viene dichiarato innocente.

Reconciliatio et Paenitentia, 18

Il peccato non si identifica con il sentimento morboso della colpa

Svanisce, infine, il senso del peccato quando – come può avvenire nell'insegnamento ai giovani, nelle comunicazioni di massa, nella stessa educazione familiare – esso viene erroneamente identificato col sentimento morboso della colpa o con la semplice trasgressione di norme e precetti.

Reconciliatio et Paenitentia, 18

Il peccato è negazione di Dio

La perdita del senso del peccato è una forma o un frutto della negazione di Dio: non solo di quella ateistica, ma anche di quella secolaristica. Se il peccato è l'interruzione del rapporto filiale con Dio per portare la propria esistenza fuori dell'obbedienza a Lui, allora peccare non è soltanto negare Dio; peccare è anche vivere come se egli non esistesse, è cancellarlo dal proprio quotidiano.

Reconciliatio et Paenitentia, 18

Il peccato produce contraddizioni e conflitti interiori e lacera i rapporti con gli altri

Poiché col peccato l'uomo rifiuta di sottomettersi a Dio, anche il suo equilibrio interiore si rompe e proprio al suo interno scoppiano contraddizioni e conflitti. Così lacerato, l'uomo produce quasi inevitabilmente una lacerazione nel tessuto dei suoi rapporti con gli altri uomini e col mondo creato (...). Il mistero del peccato si compone di questa doppia ferita, che il peccatore apre nel suo proprio fianco nel rapporto col prossimo. Perciò si può parlare di peccato personale e sociale: ogni peccato è personale sotto un aspetto; sotto un altro aspetto, ogni peccato è sociale, in quanto e perché ha anche conseguenze sociali.

Reconciliatio et Paenitentia, 15

Il peccato indebolisce la volontà e oscura l'intelligenza

Atto della persona, il peccato ha le sue prime e più importanti conseguenze nel peccatore stesso: cioè nella relazione di questo con Dio, che è il fondamento stesso della vita umana; nel suo spirito, indebolendone la volontà e oscurandone l'intelligenza.

Reconciliatio et Paenitentia, 16

La riconciliazione, dopo la rottura del peccato, è necessaria

La riconciliazione si fa necessaria, perché c'è stata la rottura del peccato, dalla quale sono derivate tutte le altre forme di rottura nell'intimo dell'uomo e attorno a lui. La riconciliazione, dunque, per essere piena, esige necessariamente la liberazione dal peccato, rifiutato nelle sue più profonde radici. Perciò, uno stretto legame interno unisce conversione e riconciliazione: è impossibile disgiungere le due realtà, o parlare dell'una tacendo dell'altra.

Reconciliatio et Paenitentia, 4

Non si deve trasformare il sacramento della Penitenza in psicanalisi o in psicoterapia

Il sacramento della Penitenza soccorre i caduti e dona loro la risurrezione alla vita eterna, di cui l'anima in grazia possiede fin d'ora il pegno. Gesù è l'unico ed assoluto Salvatore di tutti gli uomini e di tutto l'uomo. In questa prospettiva di integrale salvezza va concepito il sacramento della Penitenza, dono di grazia, dono di santità, dono di vita (...). Il confessore non è un guaritore e neanche un medico nel senso tecnico della parola; anzi, semmai lo stato del penitente sembra esigere cure mediche, il confessore non affronti lui l'argomento, ma rimandi il penitente a competenti e onesti professionisti (...). È attesa ingiustificata quella di chi vorrebbe trasformare il sacramento della Penitenza in psicanalisi o in psicoterapia. Il confessionale non è e non può essere un'alternativa allo studio dello psicanalista o dello psicoterapeuta.

Ai penitenzieri delle basiliche patriarcali di Roma, 20 marzo 1998

Gesù si è dimostrato vicino ai peccatori e alle peccatrici

Colui che era in tutto simile a noi fuorché nel peccato, si è dimostrato vicino ai peccatori e alle peccatrici, per allontanare da loro il peccato. Ma mirava a questo scopo messianico in un modo completamente "nuovo" rispetto al rigore che riservavano ai "peccatori" coloro che li giudicavano in base alla Legge antica. Gesù operava nello spirito di un grande amore verso l'uomo, in base alla profonda solidarietà che nutriva in sé per chi era stato creato da Dio a sua immagine e somiglianza.

Udienza generale, 10 febbraio 1988

Preghiera

La preghiera è il sentiero che conduce alla luce

Avvolti come siamo nell'oscurità della fede, la preghiera è il sentiero che ci conduce alla luce, alla piena rivelazione del "Dio nascosto". La voce del salmista a questo proposito si esprime con accenti suggestivi: «Dio, Dio mio, sin dall'alba io ti cerco: è assetata di te l'anima mia».

Angelus Domini, 16 novembre 1986

Utilità della preghiera nei momenti difficili

Il cristiano non deve mai abbandonare la preghiera, specialmente quando, a causa della tribolazione, la fede è messa fortemente alla prova (...). Egli deve continuare a insistere, soprattutto quando il buio della sofferenza, le "assurdità" della vita, gli allettamenti di un benessere senza anima, rischiano di incrinare la sua fiducia nell'onnipotenza provvida del Padre celeste. Solo nella preghiera il credente troverà la forza per riconoscere i segni e la presenza di Dio nelle prove sociali, culturali, politiche e morali che lo assillano.

Alla comunità croata, chiesa di San Girolamo, Roma, 21 ottobre 1989

La preghiera è una formidabile leva per "sollevare il mondo"

La celebre sfida di Archimede «Datemi un punto di appoggio e solleverò la terra», indusse alla meditazione santa Teresa di Lisieux, la quale nella sua autobiografia così commenta: «Quello che Archimede non ha potuto ottenere perché la sua domanda non si rivolgeva a Dio ed era espressa solo da un punto di vista materiale, i santi l'hanno ottenuto pienamente. L'Onnipotente ha dato loro, come punto d'appoggio, se stesso e sé solo; come leva, l'orazione che infiamma di un fuoco d'amore, e così essi hanno sollevato il mondo». Sì, Dio soltanto è il nostro vero e indefettibile punto d'appoggio, come solo l'amore e la preghiera sono le sicure leve spirituali, con cui è possibile sollevare il mondo.

Angelus Domini, Siracusa, 6 novembre 1994

Non c'è rinnovamento, anche sociale, senza preghiera

Non c'è rinnovamento, anche sociale, che non parta dalla contemplazione. L'incontro con Dio nella preghiera immette nelle pieghe della storia una forza misteriosa che tocca i cuori e li induce alla conversione e al rinnovamento e proprio in questo diventa anche una potente forza storica di trasformazione delle strutture sociali.

Al convegno della Chiesa italiana a Palermo, 23 novembre 1995

La preghiera produce frutti di evangelizzazione

La preghiera è un servizio alla Chiesa e alle anime. Essa produce «frutti abbondantissimi di santità» e procura al popolo di Dio «una misteriosa fecondità apostolica» (...). Santa Teresa del Bambino Gesù con la sua preghiera e il suo sacrificio serviva alla evangelizzazione come e più che se fosse stata tutta dedita all'azione missionaria. Tanto che fu proclamata Patrona delle Missioni.

Udienza generale, 4 gennaio 1995

La preghiera rafforza l'unità della famiglia

Preghiera della famiglia, preghiera per la famiglia, preghiera con la famiglia (...). La preghiera rafforza la saldezza e la compattezza spirituale della famiglia, contribuendo a far sì che essa partecipi alla "fortezza" di Dio (...).

Lettera alle famiglie, 4

È necessario che la preghiera in famiglia diventi abitudine radicata

È necessario che il pregare diventi abitudine radicata nella vita quotidiana di ogni famiglia (...). L'unione sacramentale (...) deve diventare unità di preghiera (...). La preghiera è rendimento di grazie, lode a Dio, domanda di perdono, supplica ed invocazione. In ciascuna di queste forme, la preghiera della famiglia ha molto da dire a Dio. Ha anche molto da dire agli uomini, a cominciare dalla reciproca comunione delle persone unite da legami familiari.

Lettera alle famiglie, 10

La massima espressione della preghiera è l'adorazione

Appena si è compreso che la nostra vita dipende totalmente da Dio, si sente il bisogno di pregare, e cioè di affidarsi a Colui che sa, segue e provvede, riconoscendo la sua suprema e assoluta autorità e la nostra radicale dipendenza. La prima e massima espressione della preghiera è quindi l'adorazione, che comprende anche i sentimenti della riconoscenza, della propiziazione e della impetrazione. Gesù stesso, come Verbo incarnato, ha dato l'esempio della preghiera; anzi la sua vita è stata una continua preghiera di adorazione al Padre, fatta a nome dell'umanità e culminata nel sacrificio della croce.

Omelia alla messa per la guardie svizzere e per gli agenti della vigilanza in Vaticano, 27 luglio 1986

Il Padre Nostro

Quando i discepoli chiesero al Signore Gesù: «Insegnaci a pregare», egli rispose pronunciando le parole della preghiera Padre Nostro, creando così un modello concreto e insieme universale. Difatti, tutto ciò che si può e si deve dire al Padre è racchiuso in quelle sette domande, che tutti conosciamo a memoria. C'è in esse una tale semplicità, che persino un bambino le impara, e parimenti una tale profondità, che si può consumare un'intera vita nel meditare il senso di ognuna di esse. Non è forse così? Non ci parla ognuna di esse, l'una dopo l'altra, di ciò che è essenziale per la nostra esistenza, rivolta totalmente a Dio, al Padre? Non ci parla del «pane quotidiano», della «remissione dei nostri peccati come anche noi li rimettiamo», e insieme della preservazione dalla «tentazione» e della «liberazione dal male»?

Udienza generale, 14 febbraio 1979

Preghiere mariane

Oggi, la preghiera più comune è l'Ave Maria, la cui prima parte è composta di parole tratte dal Vangelo. I cristiani imparano a recitarla tra le mura domestiche, sin dai teneri anni, ricevendola come un dono prezioso da custodire per tutta la vita. Questa stessa preghiera, ripetuta decine di volte nel Rosario, aiuta molto i fedeli a entrare nella contemplazione orante dei misteri evangelici e a rimanere talvolta per molto tempo in contatto intimo con la Madre di Gesù. Sin dal Medioevo l'Ave Maria è la preghiera più comune di tutti i credenti che chiedono alla Santa Madre del Signore di accompagnarli e di proteggerli nel cammino della quotidiana esistenza. Il popolo cristiano ha, inoltre, manifestato il suo amore a Maria moltiplicando le espressioni della sua devozione: inni, preghiere e composizioni poetiche, semplici e talora di gran pregio.

Udienza generale, 15 novembre 1995

L'Ave Maria

La preghiera alla Vergine, riprendendo le prime parole rivolte dall'Angelo a Maria, introduce i fedeli nella contemplazione del mistero dell'incarnazione. La parola latina "Ave" traduce il vocabolo greco "Chaire": costituisce un invito alla gioia e potrebbe essere tradotto con "Rallegrati" (...). Nell'Ave Maria la Vergine viene chiamata «piena di grazia» e così riconosciuta nella perfezione e nella bellezza della sua anima. L'espressione «Il Signore è con te» rivela la speciale relazione personale tra Dio e Maria, che si situa nel grande disegno dell'alleanza di Dio con tutta l'umanità. Poi la locuzione «Benedetta fra le donne e benedetto il frutto del tuo seno Gesù», afferma l'attuazione del disegno divino nel corpo verginale della figlia di Sion. Invocando «Santa Maria, Madre di Dio», i cristiani chiedono a colei che per singolare privilegio è l'immacolata madre del Signore: «Prega per noi peccatori», e si affidano a Lei nell'ora presente e in quella suprema della morte.

Udienza generale, 5 novembre 1997

Il Rosario

Recitare il Rosario significa mettersi alla scuola di Maria e apprendere da Lei, madre e discepola del Cristo, come vivere in profondità e in pienezza le esigenze della fede cristiana (...). Non si tratta tanto di ripetere delle formule, quanto piuttosto di entrare in colloquio confidenziale con Maria, di parlarle, di manifestarle le speranze, di confidarle le pene, di aprirle il cuore, di dichiararle la propria disponibilità nell'accettare i disegni di Dio, di prometterle fedeltà in ogni circostanza, soprattutto in quelle più difficili e dolorose (...). Siamo assidui alla recita del Rosario (...): esso, sulla scia delle ripetute invocazioni, unirà i cuori, riaccenderà il focolare domestico, fortificherà la nostra speranza e otterrà a tutti la pace e la gioia del Cristo nato, morto e risorto per noi.

Angelus Domini, Verona, 2 ottobre 1988

Le Litanie

Al Rosario sono spesso affiancate dalla pietà popolare le Litanie, tra le quali le più note sono quelle in uso nel santuario di Loreto e chiamate perciò "Lauretane". Con invocazioni molto semplici, esse aiutano a concentrarsi sulla persona di Maria per cogliere la ricchezza spirituale riversata in Lei dall'amore del padre.

Udienza generale, 5 novembre 1997

Il Magnificat

Sulla soglia della casa della madre di Giovanni Battista, la Vergine Santissima eleva a Dio l'inno che tutto il mondo conosce: «L'anima mia magnifica il Signore / e il mio spirito esulta in Dio, mio salvatore». Qual è il significato di queste parole? Con esse Maria riconosce ed esalta la grazia e la misericordia, di cui Dio non cessa di colmare gli uomini (...). «Grandi cose ha fatto in me l'Onnipotente, e Santo è il suo nome». Tutto ciò che di grande, di bello, di buono vi è in noi è dono di Colui che, essendo grande e potente, riesce a trasformare i piccoli e deboli in grandi e forti, i pavidi ed insicuri in coraggiosi e liberi (...). A questa fiducia ci invita il Magnificat, inno della vittoria dello spirito umano. Dobbiamo cantarlo con tutto il cuore e con tutta l'anima alla soglia dell'inizio del terzo millennio.

Omelia nella pro-cattedrale di Santa Sofia degli Ucraini,
Roma, 9 luglio 1988

L'Angelus Domini

L'Angelus Domini è una delle preghiere più belle e complete della devozione a Maria: infatti in essa contempliamo il piano di salvezza di Dio e del suo amore misericordioso per tutto il creato, piano che si è compiuto nella scelta di Maria a diventare Madre del Redentore. L'Angelus Domini ci presenta la Madre di Gesù come vera ed esemplare credente, che con il suo "sì" diventa modello per tutti i credenti (...). Nell'Angelus Domini ricordiamo riconoscenti (...) che Dio si è fatto uomo in mezzo agli uomini (...). La preghiera dell'Angelus Domini potrebbe essere questo richiamo, che ogni giorno ci ricorda la sorgente della grazia, Gesù Cristo, il figlio della Vergine Maria.

Angelus Domini, Pietralba, Bolzano, 17 luglio 1988

La devozione mariana fa meglio scoprire il volto di Dio

La devozione alla Madre di Dio, incoraggiando alla fiducia ed alla spontaneità, contribuisce a rasserenare il clima della vita spirituale e fa progredire i fedeli sulla via esigente delle beatitudini (...). La devozione a Maria, dando rilievo alla dimensione umana dell'Incarnazione, fa meglio scoprire il volto di un Dio che condivide le gioie e le sofferenze dell'umanità, il "Dio con noi", che Ella ha concepito come uomo nel suo seno purissimo, generato, assistito e seguito con ineffabile amore dai giorni di Nazareth e di Betlemme a quelli della Croce e della Risurrezione.

Udienza generale, 5 novembre 1997

Lavoro

È Dio che ci fa capire il senso e la finalità del nostro lavoro

È Dio che ci chiama al lavoro: è lui che ha fatto capire il senso, la finalità e le condizioni del nostro lavoro (...). Il Figlio di Dio, uguale al Padre, quando venne al mondo, volle, anche Lui, sottoporsi alla fatica del lavoro diventando per noi "falegname", ed inserendo in tale modo il lavoro quotidiano dell'uomo nell'opera sublime della redenzione.

Ai lavoratori di Civita Castellana, Viterbo, 1° maggio 1988

Il Figlio di Dio, un lavoratore come noi

Con mani umane e con capacità umana, il Figlio di Dio ha lavorato, come noi e con noi, uomini del bisogno e della quotidiana fatica!

Udienza generale, 20 aprile 1994

L'uomo mediante il lavoro partecipa all'opera del Creatore

L'uomo, creato a immagine di Dio, mediante il suo lavoro partecipa all'opera del Creatore, ed a misura delle proprie possibilità, in un certo senso, continua a svilupparla e la completa, avanzando sempre più nella scoperta delle risorse e dei valori racchiusi in tutto quanto il creato (...). Questa verità (...) è stata in modo particolare messa in risalto da Gesù Cristo (...). Era egli stesso uomo del lavoro, del lavoro artigiano come Giuseppe di Nazareth (...). Egli appartiene al "mondo del lavoro", ha per il lavoro umano riconoscimento e rispetto; si può dire di più: egli guarda con amore questo lavoro, le sue diverse manifestazioni, vedendo in ciascuna una linea particolare della somiglianza dell'uomo con Dio, creatore e padre.

Laborem Exercens, 25-26

Nel lavoro possiamo imitare Cristo e perfezionare noi stessi

Il lavoro costituisce una via verso la santità, perché offre l'occasione di perfezionare se stessi. Il lavoro, infatti, sviluppa la personalità dell'uomo, esercitandone le qualità e capacità (...). Offre l'occasione di aiutare i concittadini. È la dimensione sociale del lavoro, che è un servizio per il bene di tutti (...). Offre l'occasione di far progredire tutta la società e la creazione (...), una dimensione storico-escatologica, e si direbbe cosmica, in quanto la sua finalità è di contribuire a migliorare le condizioni materiali della vita e del mondo (...). Offre l'occasione di imitare Cristo con carità operosa.

Udienza generale, 20 aprile 1994

Il lavoro è più fecondo se il lavoratore ha coscienza di lavorare per il bene degli altri

Nel nostro tempo diventa sempre più rilevante il ruolo del lavoro umano, come fattore produttivo delle ricchezze immateriali e materiali; diventa, inoltre, evidente come il lavoro di un uomo s'intrecci naturalmente con quello di altri uomini. Oggi più che mai lavorare è un lavorare con gli altri e un lavorare per gli altri: è un fare qualcosa per qualcuno. Il lavoro è tanto più fecondo e produttivo, quanto più l'uomo è capace di conoscere le potenzialità produttive della terra e di leggere in profondità i bisogni dell'altro uomo, per il quale il lavoro è fatto.

Centesimus Annus, 31

Lavorare con amore e per amore

Vi invito alla santificazione del lavoro. Non sempre il lavoro è facile, piacevole, soddisfacente; talvolta può essere pesante, non valutato, non ben retribuito, perfino pericoloso. Bisogna allora ricordare che ogni lavoro è una collaborazione con Dio per perfezionare la natura da Lui creata, ed è un servizio ai fratelli. Bisogna, perciò, lavorare con amore e per amore! Allora si sarà sempre contenti e sereni, e, pur se il lavoro stanca, si prende la croce insieme con Gesù Cristo e si sopporta la fatica con coraggio.

A un gruppo di lavoratori cristiani, Roma, 9 dicembre 1978

Occorre proclamare e promuovere la dignità del lavoro agricolo

Il mondo agricolo, che offre alla società i beni necessari per il suo quotidiano sostentamento, riveste una importanza fondamentale (...). In molte istituzioni sono necessari cambiamenti radicali e urgenti per ridare all'agricoltura – ed agli uomini dei campi – il giusto valore come base di una sana economia, nell'insieme dello sviluppo della comunità sociale. Perciò occorre proclamare e promuovere la dignità del lavoro, di ogni lavoro, e specialmente del lavoro agricolo, nel quale l'uomo in modo tanto eloquente "soggioga" la terra ricevuta in dono da Dio e afferma il suo "dominio" nel mondo visibile.

Laborem Exercens, 21

L'attività agricola mette il lavoratore in comunicazione diretta con la natura e Dio

L'attività agricola, anche se faticosa e piena di incognite, ha il privilegio di mettere il lavoratore in diretta comunicazione con la natura e di farlo partecipare in maniera particolare all'opera della creazione. Dio, che nel creare l'universo e la terra vi ha nascosto tante ricchezze, vuole che le ricchezze della terra diventino le ricchezze dell'uomo.

Al movimento giovanile della Coldiretti, 7 gennaio 1984

Il lavoratore deve poter scegliere liberamente la propria attività

Il diritto al lavoro deve coniugarsi con quello alla libertà di scelta della propria attività. Queste prerogative non vanno intese in senso individualistico, ma in riferimento alla vocazione al servizio e alla collaborazione con gli altri (...). Il lavoro è un diritto innanzitutto perché è un dovere (...). Esso esprime la vocazione dell'uomo al servizio e alla solidarietà.

Udienza generale, 19 marzo 1997

Dobbiamo sentire la pena e l'affanno dei disoccupati e aiutarli concretamente

Non avere un lavoro è psicologicamente negativo e pericoloso, tanto più per i giovani e per chi ha la famiglia da mantenere (...). Dobbiamo sentire la pena e l'affanno dei disoccupati e, per quanto ci è possibile, studiarci di venire incontro a queste dolorose situazioni. Non bastano le parole! Bisogna aiutare concretamente, cristianamente!

A un gruppo di lavoratori cristiani, Roma, 9 dicembre 1978

Bisogna assicurare una possibilità di lavoro anche alle persone handicappate

Spetta alla comunità (...) di mettere insieme idee e risorse per arrivare a questo scopo irrinunciabile: che sia offerto un lavoro alle persone handicappate, secondo le loro possibilità, perché lo richiede la loro dignità di uomini e di soggetti del lavoro.

Laborem Exercens, 22

Il lavoro non deve essere alienante e frustrante

Anch'io sono stato un lavoratore: per un breve periodo della mia vita, durante l'ultimo conflitto mondiale, anch'io ho fatto un'esperienza diretta del lavoro in fabbrica. Conosco, quindi, ciò che significa l'impegno della fatica quotidiana alle dipendenze di altri; ne conosco la pesantezza e la monotonia; conosco i bisogni dei lavoratori e le loro giuste esigenze e legittime aspirazioni. E so quanto è necessario che il lavoro non sia mai alienante e frustrante, ma sempre corrispondente alla superiore dignità spirituale dell'uomo.

A un gruppo di lavoratori cristiani, Roma, 9 dicembre 1978

Non è lecito trattare una persona umana come puro strumento di produzione

Data la sua rilevanza sociale, il lavoro ha bisogno di essere non soltanto promosso, ma anche protetto e difeso, così che i doveri dei lavoratori si bilancino giustamente con i loro diritti riconosciuti e rispettati. Non sarà mai lecito (...) asservire la persona umana né ad un individuo né ad un sistema in modo da renderla puro strumento di produzione. Essa, invece, va sempre ritenuta superiore a ogni profitto e a ogni ideologia; mai viceversa.

Omelia a Velletri, Roma, 7 settembre 1980

Bisogna difendere il primato dell'uomo sul lavoro e sulla tecnica

Considerata in se stessa e nelle sue enormi potenzialità, la tecnica è indubbiamente un'alleata dell'uomo. Essa gli facilita il lavoro, lo perfeziona, lo accresce e lo moltiplica. Perché tale "alleanza" possa tradursi nella realtà, si impone tuttavia con sempre maggiore urgenza il passaggio dalla concezione meccanicistica del lavoro a quella personalistica. Ora, punto focale della concezione personalistica è il grande principio (...) del primato dell'uomo sul lavoro, col conseguente principio del primato dell'uomo sulla tecnica, nella quale si esprime la sua attività lavorativa.

Agli operai della Lancia di Chivasso, Torino, 19 marzo 1990

I meccanismi di mercato devono essere al servizio dell'uomo

Ogni contratto è un affare umano, condotto dall'uomo e orientato a servire l'uomo. Solo così i meccanismi di mercato, stabiliti e periodicamente riesaminati e diversificati, saranno in grado di sostenere il loro ruolo benefico: perché saranno guidati dalla responsabilità di individui e popoli che sono liberi, uguali, legati da solidarietà, secondo regole di norme morali vincolanti per tutti.

Alla conferenza dell'ONU per il commercio e lo sviluppo,
Manila, Filippine, 10 maggio 1979

La remunerazione deve consentire ai lavoratori di vivere come si addice agli esseri umani

Poiché il lavoro è prerogativa degli esseri umani, la sua remunerazione deve metterli in condizione di vivere come si addice agli esseri umani, facendo fronte a tutti i loro impegni, a tutte le necessità dell'esistenza, a cominciare dalla necessità di creare, attraverso l'impiego, l'effettiva possibilità di lavorare. Non solo: i singoli individui e i popoli vivono in solidarietà. Le retribuzioni devono rendere manifesta questa solidarietà all'interno di ogni paese e nei rapporti fra un paese e l'altro; solidarietà che deve concretarsi in una giusta divisione dei beni materiali e culturali che vengono prodotti nelle varie tappe della storia umana e che hanno sempre una destinazione universale.

Alla conferenza dell'ONU per il commercio e lo sviluppo,
Manila, Filippine, 10 maggio 1979

Il mondo del lavoro non deve sfruttare l'emigrato

L'emigrazione per lavoro non può in nessun modo diventare un'occasione di sfruttamento finanziario o sociale (...). Il valore del lavoro deve essere misurato con lo stesso metro, e non con riguardo alla diversa nazionalità, religione o razza. A maggior ragione non può essere sfruttata una situazione di costrizione, nella quale si trova l'emigrato.

Laborem Exercens, 23

I lavoratori hanno diritto di associarsi liberamente secondo le loro professioni

Il lavoro è la fatica dell'uomo. È l'attività cosciente e personale dell'uomo; è il suo contributo alla grande opera delle generazioni, l'opera del mantenimento e del progresso dell'umanità, delle nazioni, delle famiglie. È evidente che gli uomini, i quali svolgono un determinato lavoro, hanno diritto ad associarsi liberamente appunto per ragione di tale lavoro, allo scopo di assicurare tutti i beni, ai quali il lavoro deve servire.

Ai sindacati indipendenti polacchi, Roma, 15 gennaio 1981

È necessario un grande movimento associato di lavoratori il cui obiettivo sia la promozione integrale della persona

L'integrale sviluppo della persona umana nel lavoro non contraddice, ma piuttosto favorisce la maggiore produttività ed efficacia del lavoro stesso, anche se ciò può indebolire assetti di potere consolidati. L'azienda non può essere considerata solo come una "società di capitali"; essa, al tempo stesso, è una "società di persone", di cui entrano a far parte in modo diverso e con specifiche responsabilità sia coloro che forniscono il capitale necessario per la sua attività, sia coloro che vi collaborano con il loro lavoro. Per conseguire questi fini è ancora necessario un grande movimento associato dei lavoratori, il cui obiettivo è la liberazione e la promozione integrale della persona.

Centesimus Annus, 43

La lotta sindacale sia vista come un adoperarsi per il giusto bene

I sindacati (...) sono un esponente della lotta per la giustizia sociale (...). Tuttavia, questa "lotta" deve essere vista come un normale adoperarsi "per" il giusto bene (...), che corrisponde alle necessità e ai meriti degli uomini del lavoro associati secondo le professioni; ma questa non è una lotta "contro" gli altri (...). Le richieste sindacali non possono trasformarsi in una specie di "egoismo" di gruppo o di classe (...). La vita sociale ed economico-sociale è certamente come un sistema di "vasi comunicanti", ed a questo sistema deve pure adattarsi ogni attività sociale (...). In questo senso l'attività dei sindacati entra indubbiamente nel campo della "politica", intesa come una prudente sollecitudine per il bene comune.

Laborem Exercens, 20

Lavoratori e datori di lavoro imparino a riconoscersi gli uni gli altri come fratelli

I lavoratori e i datori di lavoro che imparano a riconoscersi gli uni gli altri come fratelli, non saranno prigionieri di amare dispute che lasciano i problemi irrisolti e l'umana solidarietà indebolita o in rovina. Quando è l'uomo stesso, l'uomo con la sua insuperata dignità, la misura che viene applicata ai problemi sociali, allora non ci sarà spazio per la violenza nella lotta per la giustizia.

Ai proprietari e operai delle piantagioni di canna da zucchero
delle Filippine, 20 febbraio 1981

La solidarietà nel mondo del lavoro è un dovere

Il lavoro, per la sua stessa indole, unisce (...). Scaturisce da ciò (...) il dovere della solidarietà (...). Essa si ramifica in varie dimensioni. C'è innanzitutto la solidarietà all'interno delle aziende (...). È anche importante promuovere tra i lavoratori un clima di mutuo rispetto, di aiuto reciproco, di sostegno vicendevole nelle difficoltà (...). Il senso di solidarietà deve, inoltre, orientare la stessa funzione delle organizzazioni sindacali, alle quali compete il ruolo delicato di mediazione fra i lavoratori e gli organi dirigenti. La solidarietà (...) supera tutte le frontiere (...), diventa così una categoria morale (...), supera anche le frontiere politiche per aprirsi all'accoglienza di ogni lavoratore semplicemente per la sua qualità di membro della famiglia umana (...). La solidarietà è una virtù cristiana, che si misura sulle dimensioni dell'amore.

Agli operai della Lancia di Chivasso, Torino, 19 marzo 1990

Non ci può essere civiltà del lavoro senza solidarietà sociale

La Chiesa non si stanca di sottolineare la necessità di una "civiltà del lavoro" e di ciò che ne è il fondamento e l'anima: la solidarietà sociale. Non vi può essere una civiltà del lavoro quando manchi la solidarietà verso tutti coloro che prendono parte ai processi economici in vista del bene comune, di quel bene, cioè, che non si risolve in una entità astratta o impersonale, ma che investe l'interesse reale di tutte le persone, solidalmente perseguito dall'intera comunità (...). Obiettivo prioritario dell'economia è lo sviluppo integrale dell'uomo, in condizioni tali che la vita professionale sia compatibile con l'accrescimento personale di ciascuno e con la sua vita familiare.

Incontro con marittimi e pescatori, Gaeta, Latina, 25 giugno 1989

I problemi del lavoro devono essere impostati su scala mondiale

Occorre prendere coscienza del fatto che oggi i problemi del lavoro devono essere impostati su scala mondiale (...), indipendentemente dalle differenze etnologiche e culturali. L'allargamento dell'orizzonte della solidarietà e la vivificazione dei suoi contenuti domanda ai cristiani l'apporto del carisma peculiare dell'amore (...). Cristo, divino lavoratore, redentore del lavoro, costituisce il modello esemplare, il sostegno e l'animatore con la sua luce e la sua grazia.

A un convegno di lavoratori, Roma, 17 gennaio 1987

I benefici prodotti dalla terra non possono ridursi a un limitato numero di popoli

È necessario fare passi avanti per istituire un rapporto proficuo tra agricoltura e fame nel mondo, tra lavoro agricolo e scambi commerciali (...). La terra è un dono di Dio a beneficio di tutti, e i benefici da essa prodotti non possono ridursi a un limitato numero di popoli e di categorie di persone, mentre altri sono esclusi dai suoi frutti (...). Dobbiamo impegnativamente lavorare perché la nuova agricoltura si sviluppi sempre nel rispetto della dignità dell'uomo, perché si tenga fede al culto profondo e incorruttibile della moralità, del rispetto della coscienza. Il tradizionale sentimento religioso e cristiano della cultura delle campagne non dovrà venir meno; la civiltà dell'amore e della solidarietà non dovrà essere sconvolta ma confermata dalle nuove vie del progresso.

Ai coltivatori diretti, Roma, 12 febbraio 1985

Sviluppo e progresso

Lo sviluppo deve essere inteso in senso integralmente umano

Lo sviluppo non deve essere inteso in un modo esclusivamente economico, ma in senso integralmente umano. Non si tratta solo di elevare tutti i popoli al livello di cui godono oggi i paesi più ricchi, ma di costruire nel lavoro solidale una vita più degna, di far crescere effettivamente la dignità e la creatività di ogni singola persona, la sua capacità di rispondere alla propria vocazione e, dunque, all'appello di Dio, in essa contenuto. Al culmine dello sviluppo sta l'esercizio del diritto-dovere di cercare Dio, di conoscerlo e di vivere secondo tale conoscenza.

Centesimus Annus, 29

Tutto ciò che mortifica l'uomo non è progresso autentico

Tutto ciò che fa violenza all'uomo e lo mortifica non può ritenersi utile al suo vero bene, né può qualificarsi come progresso autentico, anche se costituisce un risultato "tecnicamente" eccellente (...). Progresso autentico, infatti, è solo quello che contribuisce a rendere l'uomo più maturo spiritualmente, più cosciente della sua dignità, più aperto agli altri, più libero nelle sue scelte: quello, cioè, che mira a formare un uomo che conosce il "perché" delle cose e non soltanto il "come" di esse (...). A tale compito potrà soddisfare soltanto chi crede nella priorità dell'etica sulla tecnica, nel primato delle persone sulle cose, nella superiorità dello spirito sulla materia.

Alla Federazione nazionale Cavalieri del Lavoro, 11 maggio 1979

La bontà morale di ogni progresso si misura con il bene corporale e spirituale che esso procura all'uomo

La bontà morale di ogni progresso si misura col bene autentico che esso procura all'uomo, considerato nella sua duplice dimensione corporale e spirituale: così si rende giustizia a ciò che l'uomo è; non legando il bene all'uomo, che ne deve essere il beneficiario, sarebbe da temere che l'umanità corra alla sua rovina. La comunità scientifica è incessantemente chiamata a mantenere l'ordine dei fattori, collocando gli aspetti scientifici nel quadro di un umanesimo integrale. Essa terrà, pertanto, conto delle questioni metafisiche, etiche, sociali e giuridiche che si pongono alla coscienza e che i principi della ragione devono illuminare.

Alla Pontificia Accademia delle Scienze, 28 ottobre 1994

L'arricchimento materiale ed egoistico non è progresso

Non si può concepire e attuare il progresso come se ciò che conta fosse soltanto l'arricchimento materiale ed egoistico, a costo di esaurire le risorse naturali, di rovinare l'ambiente ecologico, di non attendere alle necessità umane di ogni lavoratore e alla giusta gerarchia dei beni e dei fini.

Commemorazione in Vaticano dell'enciclica *Populorum Progressio*, 24 marzo 1987

L'avere oggetti e beni non arricchisce il nostro essere

L'avere oggetti e beni non perfeziona di per sé il soggetto umano, e non contribuisce alla maturazione e all'arricchimento del suo essere, cioè alla realizzazione della vita umana in quanto tale (...). Il male non consiste nell'avere in quanto tale, ma nel possedere in modo irrispettoso della qualità e dell'ordinata gerarchia dei beni che si hanno. Qualità e gerarchia che scaturiscono dalla subordinazione dei beni e dalla loro disponibilità all'essere dell'uomo e alla sua vera vocazione.

Sollicitudo Rei Socialis, 28

L'uomo non deve essere schiavo delle cose

Esiste già un reale e percettibile pericolo che, mentre progredisce enormemente da parte dell'uomo il dominio sul mondo delle cose, di questo suo dominio egli perda i fili essenziali, e in vari modi la sua umanità sia sottomessa a quel mondo, ed egli stesso divenga oggetto di multiforme, anche se spesso non direttamente percettibile, manipolazione, mediante tutta l'organizzazione della vita comunitaria, mediante il sistema di produzione, mediante la pressione dei mezzi di comunicazione sociale. L'uomo non può rinunciare a se stesso, né al posto che gli spetta nel mondo visibile; non può diventare schiavo delle cose (...). Non si tratta qui soltanto di dare una risposta astratta: chi è l'uomo?; ma si tratta di tutto il dinamismo della vita e della civiltà.

Redemptor Hominis, 16

È sbagliato lo stile di vita orientato all'avere e non all'essere

Non è male desiderare di vivere meglio, ma è sbagliato lo stile di vita che si presume essere migliore, quando è orientato all'avere e non all'essere e vuole avere di più non per essere di più, ma per consumare l'esistenza di un godimento fine a se stesso. È necessario, perciò, adoperarsi per costruire stili di vita, nei quali la ricerca del vero, del bello e del buono e la comunione con gli altri uomini per una crescita comune siano gli elementi che determinano le scelte dei consumi, dei risparmi e degli investimenti.

Centesimus Annus, 36

Con l'eclissi del senso di Dio i valori dell'essere sono sostituiti da quelli dell'avere

L'eclissi del senso di Dio e dell'uomo conduce inevitabilmente al materialismo pratico, nel quale proliferano l'individualismo, l'utilitarismo e l'edonismo (...). I valori dell'essere sono sostituiti da quelli dell'avere. L'unico fine che conta è il perseguimento del proprio benessere materiale. La cosiddetta "qualità della vita" è interpretata in modo prevalente o esclusivo come efficienza economica, consumismo disordinato, bellezza e godimento della vita fisica, dimenticando le dimensioni più profonde – relazioni spirituali e religiose – dell'esistenza.

Evangelium Vitae, 23

I costumi consumistici non sono autentico progresso

Una società, che vuole essere giusta e rispettosa dei diritti di ogni suo membro, deve adoperarsi affinché i valori fondamentali, propri della dignità della persona umana, siano sempre e in ogni caso difesi e giammai posposti a progetti di modernità, che non coincidono con il vero progresso umano. Non è progresso autentico, infatti, quello che apre la breccia a una mentalità e a un costume consumistici e libertari, operando frattura tra tecnica e morale, tra progresso materiale e crescita spirituale.

Alla cittadinanza di Reggio Emilia, 5 giugno 1988

Economia e politica

L'economia non può essere guidata dal puro interesse

L'economia non può essere guidata dal puro interesse e dalla sola dinamica del profitto, ma deve essere posta al servizio dell'uomo. Siate, pertanto, sempre più convinti artefici di una cultura della solidarietà, sapendo che questa non solo non si oppone alle esigenze dell'efficienza, ma anzi le sostiene con maggiore sicurezza e stabilità.

Angelus Domini, Siracusa, 6 novembre 1994

Bisogna sviluppare il dialogo tra etica ed economia

La persona umana, nella concretezza delle sue esigenze, delle sue aspirazioni, dei suoi propositi, è la prima e fondamentale risorsa di ogni sviluppo. La Chiesa (...) invita a un dialogo fecondo, affinché siano colte tutte le dimensioni della persona umana, ivi compresa la sua imprescindibile dimensione etica (...). Il dialogo tra etica ed economia va sviluppato particolarmente a livello mondiale.

A un seminario di studi promosso dalla CEI,
Roma, 18 febbraio 1989

Il settore "privato" ha un ruolo importante nella promozione dello sviluppo, ma deve essere sensibile ai valori della giustizia sociale

Il settore più avvantaggiato nei processi di globalizzazione economica sembra essere quello comunemente chiamato "privato" per il suo dinamismo imprenditoriale. La dottrina sociale della Chiesa gli riconosce certamente un significativo ruolo nella promozione dello sviluppo, ma ricorda, al tempo stesso, a ciascuno la responsabilità di agire sempre con viva sensibilità per i valori del bene comune e della giustizia sociale. La mancanza a livello internazionale di adeguate strutture, di regolamentazione e di indirizzo dell'attuale processo di globalizzazione economica non diminuisce la responsabilità sociale degli operatori economici, impegnati in tale contesto.

Al convegno europeo promosso dal consiglio "Justitia et Pax", Roma, 20 giugno 1997

Il profitto non è l'unico regolatore della vita dell'azienda

La Chiesa riconosce la giusta funzione del profitto, come indicatore del buon andamento dell'azienda (...). Tuttavia, il profitto non è l'unico indice delle condizioni dell'azienda. È possibile che i conti economici siano in ordine e insieme che gli uomini, che costituiscono il patrimonio più prezioso dell'azienda, siano umiliati e offesi nella loro dignità. Oltre a essere moralmente inammissibile, ciò non può non avere in prospettiva riflessi negativi anche per l'efficienza economica dell'impresa. Scopo dell'impresa, infatti, non è semplicemente la produzione del profitto, bensì l'esistenza stessa dell'impresa come comunità di uomini (...). Il profitto è un regolatore della vita dell'azienda, ma non è l'unico; a esso va aggiunta la considerazione di altri fattori umani e morali che, a lungo periodo, sono almeno egualmente essenziali per la vita dell'impresa.

Centesimus Annus, 35

Il diritto di proprietà non annulla il principio della destinazione universale dei beni

I beni di questo mondo sono originariamente dedicati a tutti. Il diritto di proprietà privata è valido e necessario, ma non annulla il valore di tale principio: su di essa, infatti, grava "un'ipoteca sociale", cioè vi riconosce, come qualità intrinseca, una funzione sociale, fondata e giustificata precisamente sul principio della destinazione universale dei beni.

Sollicitudo Rei Socialis, 42

L'individuo non deve essere soffocato tra Stato e mercato

L'individuo oggi è spesso soffocato tra i due poli dello Stato e del mercato. Sembra, infatti, talvolta che egli esista come oggetto dell'amministrazione dello Stato, mentre si dimentica che la convivenza tra gli uomini non è finalizzata né al mercato né allo Stato, poiché possiede in se stessa un singolare valore che Stato e mercato devono servire. L'uomo è, prima di tutto, un essere che cerca la verità e si sforza di viverla e di approfondirla in un dialogo che coinvolge le generazioni passate e future.

Centesimus Annus, 49

La politica deve perseguire il bene di tutto l'uomo

Una politica per la persona e per la società trova il suo criterio basilare nel perseguimento del bene comune, come bene di tutti gli uomini e di tutto l'uomo, bene offerto e garantito alla libera e responsabile accoglienza delle persone, sia singole che associate.

Christifideles Laici, 42

La politica deve favorire i diritti di tutti e di ciascuno

Il bene comune si concreta nell'insieme di quelle condizioni della vita sociale, con le quali gli uomini, le famiglie e le associazioni possono ottenere il conseguimento più pieno della propria perfezione. Inoltre, una politica per la persona e per la società trova la sua linea costante di cammino nella difesa e nella promozione della giustizia, intesa come "virtù" alla quale tutti devono essere educati e come "forza" morale che sostiene l'impegno a favorire i diritti e i doveri di tutti e di ciascuno, sulla base della dignità personale dell'essere umano.

Christifideles Laici, 42

Lo Stato ha l'obbligo di promuovere la libertà di coscienza

Lo Stato ha l'obbligo non solo di riconoscere la fondamentale libertà di coscienza, ma di promuoverla, sempre però alla luce della legge morale naturale e delle esigenze del bene comune, oltre che nel rispetto della dignità di ogni uomo.

Per la Giornata mondiale della pace 1991, 8 dicembre 1990

Lo Stato che provvede solo a una parte dei cittadini offende la giustizia

Lo Stato non può limitarsi a "provvedere a una parte dei cittadini", cioè a quella ricca e prospera, e non può "trascurare l'altra", che rappresenta indubbiamente la grande maggioranza del corpo sociale; altrimenti si offende la giustizia, che vuole si renda a ciascuno il suo.

Centesimus Annus, 10

Nel settore economico lo Stato ha compiti di armonizzazione e guida delle imprese, non di supplenza

Altro compito dello Stato è quello di sorvegliare e guidare l'esercizio dei diritti umani nel settore economico; ma in questo campo la prima responsabilità non è dello Stato, bensì dei singoli e dei diversi gruppi e associazioni in cui si articola la società. Non potrebbe lo Stato assicurare direttamente il diritto al lavoro di tutti i cittadini senza irreggimentare l'intera vita economica e mortificare la libera iniziativa dei singoli. Ciò, tuttavia, non significa che esso non abbia alcuna competenza in questo ambito (...). Lo Stato, anzi, ha il dovere di assecondare l'attività delle imprese, creando condizioni che assicurino occasioni di lavoro, stimolandola ove essa risulti insufficiente o sostenendola nei momenti di crisi. Lo Stato, ancora, ha il diritto di intervenire quando situazioni particolari di monopolio creino remore od ostacoli per lo sviluppo. Ma, oltre a questi compiti di armonizzazione e di guida dello sviluppo, esso può svolgere funzioni di supplenza in situazioni eccezionali, quando settori sociali o sistemi di imprese, troppo deboli o in via di formazione, sono inadeguati al loro compito. Simili interventi di supplenza, giustificati da urgenti ragioni attinenti al bene comune, devono essere, per quanto possibile, limitati nel tempo, per non sottrarre stabilmente a detti settori e sistemi di imprese le competenze che sono loro proprie e per non dilatare eccessivamente l'ambito dell'intervento statale in modo pregiudiziale per la libertà sia economica che civile.

Centesimus Annus, 48

È urgente che il potere politico riscopra in pieno la sua funzione

È urgente che il potere politico riscopra in pieno la sua funzione, che è di creare le condizioni perché l'economia si sviluppi come servizio all'uomo, di orientare sapientemente le scelte economiche verso obiettivi di promozione globale della collettività umana, di farsi prioritariamente carico della tutela dei più deboli, nel quadro di una crescita della società in tutte le sue parti.

Al convegno pastorale sul lavoro, Roma, 20 novembre 1987

Solo lo spirito di servizio può rendere trasparente e pulita l'attività degli uomini politici

Nell'esercizio del potere politico è fondamentale lo spirito di servizio, che solo, unitamente alla necessaria competenza ed efficienza, può rendere "trasparente" o "pulita" l'attività degli uomini politici, come del resto la gente giustamente esige. Ciò sollecita la lotta aperta e il deciso superamento di alcune tentazioni, quali il ricorso alla slealtà e alla menzogna, lo sperpero del pubblico denaro per il tornaconto di alcuni pochi e con intenti clientelari, l'uso di mezzi equivoci o illeciti per conquistare, mantenere e aumentare ogni sorta di potere.

Christifideles Laici, 42

È sbagliato condizionare lo sviluppo della persona e dei popoli alle forze cieche del mercato

In vari luoghi si sviluppa una forma di neoliberalismo capitalista che subordina la persona umana e condiziona lo sviluppo dei popoli alle forze cieche del mercato (...). Avviene così che, spesso, vengono imposti alle nazioni, come condizione per ricevere nuovi aiuti, programmi economici insostenibili. In tal modo si assiste (...) all'arricchimento esagerato di pochi al prezzo dell'impoverimento crescente di molti; cosicché i ricchi sono sempre più ricchi e i poveri sempre più poveri.

Alla concelebrazione eucaristica di La Habana, Cuba, 25 gennaio 1998

Un'autentica democrazia è possibile solo in uno Stato di diritto e sulla base di una retta concezione della persona umana

Un'autentica democrazia è possibile solo in uno stato di diritto e sulla base di una retta concezione della persona umana. Essa esige che si verifichino le condizioni necessarie per la promozione sia delle singole persone mediante l'educazione e la formazione ai veri ideali, sia della "soggettività" della società mediante la creazione di strutture di partecipazione e di corresponsabilità. Oggi si tende ad affermare che l'agnosticismo e il relativismo scettico sono la filosofia e l'atteggiamento fondamentale rispondenti alle forme politiche democratiche, e che quanti sono convinti di conoscere la verità e aderiscono con fermezza ad essa non sono affidabili dal punto di vista democratico, perché non accettano che la verità sia determinata dalla maggioranza o sia variabile a seconda dei diversi equilibri politici. A questo proposito, bisogna osservare che, se non esiste nessuna verità ultima la quale guida e orienta l'azione politica, allora le idee e le convinzioni possono essere facilmente strumentalizzate per fini di potere. Una democrazia senza valori si converte facilmente al totalitarismo aperto oppure subdolo, come dimostra la storia.

Centesimus Annus, 46

Lo Stato deve permettere a tutti di vivere liberamente la propria fede

Uno Stato moderno non può fare dell'ateismo o della religione uno dei propri ordinamenti politici. Lo Stato, lontano da ogni fanatismo o secolarismo estremo, deve promuovere un clima sociale sereno e una legislazione adeguata, che permetta ad ogni persona e ad ogni confessione religiosa di vivere liberamente la propria fede, esprimerla negli ambiti della vita pubblica e privata e poter contare su mezzi e spazi sufficienti per offrire alla vita della nazione le proprie ricchezze spirituali, morali e civiche.

Alla concelebrazione eucaristica di La Habana, Cuba, 25 gennaio 1998

La lotta di classe non può essere fonte di giustizia

Adottare l'uomo come criterio di tutta l'attività sociale, significa impegnarsi per la trasformazione di ogni ingiusta situazione senza distruggere ciò che si cerca di difendere: una società basata sulla fratellanza, sulla giustizia e sull'amore. La violenza non può essere un mezzo per risolvere i conflitti sociali; e la lotta di classe, che oppone un gruppo all'altro, non può essere fonte di giustizia, avendo come sue premesse la distruzione e il disprezzo per l'uomo.

Ai proprietari e operai delle piantagioni di canne da zucchero delle Filippine, 20 febbraio 1981

Il sistema socialista di fatto è un capitalismo di Stato

Si può giustamente parlare di lotta contro un sistema economico, inteso come metodo che assicura l'assoluta prevalenza del capitale, del possesso degli strumenti di produzione e della terra rispetto alla libera soggettività del lavoro dell'uomo. A questa lotta contro un tale sistema non si pone, come modello alternativo, il sistema socialista, che di fatto risulta essere un capitalismo di Stato, ma una società del lavoro libero, dell'impresa e della partecipazione. Essa non si oppone al mercato ma chiede che sia opportunamente controllato dalle forze sociali dello Stato, in modo da garantire la soddisfazione delle esigenze fondamentali di tutta la società.

Centesimus Annus, 35

Il capitalismo non è il sistema sociale vincente

Si può forse dire che, dopo il fallimento del comunismo, il sistema sociale vincente sia il capitalismo (...)? È forse questo il modello che bisogna proporre ai paesi del Terzo mondo, che cercano la via del vero progresso economico e civile? La risposta è ovviamente complessa (...). Se con "capitalismo" si intende un sistema, in cui la libertà del settore dell'economia non è inquadrata in un solido contesto giuridico che la metta al servizio della libertà umana integrale e la consideri come una particolare dimensione di questa libertà, il cui centro è etico e religioso, allora la risposta è decisamente negativa.

Centesimus Annus, 42

GIUSTIZIA SOCIALE E SOLIDARIETÀ INTERNAZIONALE

La giustizia esige che si dia a ciascuno quanto gli è dovuto

Esser giusto significa dare a ciascuno quanto gli è dovuto. Questo riguarda i beni temporali, di natura materiale. Il migliore esempio può essere la retribuzione per il lavoro o il cosiddetto diritto ai frutti del proprio lavoro o della propria terra. Però all'uomo si deve inoltre il buon nome, il rispetto, la considerazione, la fama che si è meritato. Quanto più conosciamo l'uomo, tanto più ci si rivela la sua personalità, il suo carattere, il suo intelletto, il suo cuore.

Udienza generale, 8 novembre 1978

La giustizia esige azioni concrete verso uomini concreti

Non c'è giustizia senza amore, senza carità (...). La giustizia e la carità non sono che vento se non si accompagnano ad azioni concrete verso uomini concreti (...). È necessario giungere ad esempi precisi e trovare un'applicazione precisa. Gesù parla di chi ha fame, di chi ha sete. Il prossimo ha un volto umano.

Al Palazzo delle Esposizioni di Ginevra, 15 giugno 1982

Ogni discriminazione costituisce un'ingiustizia

La dignità personale costituisce il fondamento dell'uguaglianza di tutti gli uomini tra loro. Di qui l'assoluta inaccettabilità di tutte le più svariate forme di discriminazione che, purtroppo, continuano a dividere e a umiliare la famiglia umana, da quelle razziali ed economiche a quelle sociali e culturali, da quelle politiche a quelle geografiche, ecc. Ogni discriminazione costituisce un'ingiustizia del tutto intollerabile, non tanto per le tensioni e i conflitti ch'essa può generare nel tessuto sociale, quanto per il disonore inferto alla dignità della persona.

Christifideles Laici, 37

Fondamento dell'uguaglianza è la dignità personale

Fondamento dell'uguaglianza di tutti gli uomini tra loro, la dignità personale è anche il fondamento della partecipazione e della solidarietà degli uomini tra loro: il dialogo e la comunione si radicano ultimamente su ciò che gli uomini "sono", prima e più ancora che su quanto essi "hanno". La dignità personale è proprietà indistruttibile di ogni essere umano. È fondamentale avvertire tutta la forza dirompente di questa affermazione, che si basa sull'unicità e sull'irripetibilità di ogni persona.

Christifideles Laici, 37

Il diritto internazionale deve essere concepito in funzione della giustizia e della solidarietà

Il diritto internazionale è stato per molto tempo un diritto della guerra e della pace. Credo che esso sia sempre più chiamato a diventare esclusivamente un diritto della pace concepito in funzione della giustizia e della solidarietà. In questo contesto la morale è chiamata a fecondare il diritto; essa può esercitare altresì una funzione di anticipo sul diritto, nella misura in cui gli indica la direzione del giusto e del bene.

Al Corpo Diplomatico, Roma, 13 gennaio 1997

La convivenza internazionale si deve basare su una legge morale

Ciò che più manca forse, oggi, ai soggetti della comunità internazionale non sono certo le convenzioni scritte, né le assemblee dove potersi esprimere: esse sono persino in eccesso! Quel che manca è piuttosto una legge morale e il coraggio di riferirsi ad essa. La comunità delle nazioni, come ogni società umana, non sfugge a questo principio di base: essa deve essere retta da una regola di diritto valida per tutti, senza eccezioni. Ogni sistema giuridico ha per fondamento e per fine il bene comune. E ciò si applica anche alla comunità internazionale: il bene di tutti è il bene del tutto!

Al Corpo Diplomatico, Roma, 13 gennaio 1997

La collaborazione internazionale in campo economico è necessaria

Le odierne relazioni tra i popoli e le nazioni richiedono anche la creazione di una più ampia collaborazione internazionale anche nel campo economico. Più una nazione è potente e maggiore diventa la sua responsabilità internazionale, e più grande anche deve essere il suo impegno per migliorare le condizioni di vita di tutti coloro che sono minacciati costantemente dal bisogno e dalla necessità. È mia fervida speranza che tutte le nazioni potenti del mondo siano sempre più legate al principio dell'umana solidarietà nell'ambito della grande famiglia umana.

Discorso di commiato dal presidente degli Stati Uniti J. Carter, 6 ottobre 1979

Le misure economiche restrittive imposte dall'esterno a un paese sono eticamente inaccettabili

Ai nostri giorni nessuna nazione può vivere da sola. Per questo, il popolo cubano non può vedersi privato dei vincoli con gli altri popoli (...), soprattutto quando l'isolamento forzato si ripercuote in modo indiscriminato sulla popolazione, accrescendo le difficoltà dei più deboli, in aspetti fondamentali come l'alimentazione, la sanità e l'educazione. Tutti possono e devono compiere passi concreti per un cambiamento in tal senso (...). In tal modo si contribuirà a superare l'angoscia causata dalla povertà, materiale e morale, le cui cause possono essere, fra le altre, le ingiuste disuguaglianze, le limitazioni delle libertà fondamentali, la spersonalizzazione e lo scoraggiamento degli individui, e le misure economiche restrittive imposte dall'esterno del paese, ingiuste ed eticamente inaccettabili.

Discorso di congedo a La Habana, Cuba, 25 gennaio 1998

Il problema della fame nel mondo si pone con tragica urgenza

Il problema della fame nel mondo si pone oggi con tragica urgenza, anche perché la sua soluzione, non che avvicinarsi, col passare del tempo sembra invece allontanarsi sempre più. Lo squilibrio economico tra le nazioni sviluppate e le altre continua, infatti, a registrare una preoccupante progressione (...). Bisogna giungere ai fatti, come singoli e come comunità. Gesù Cristo saziò concretamente gli uomini che avevano fame, offrendo con ciò un esempio normativo alla sua Chiesa.

Omelia a Castel Gandolfo, 25 luglio 1982

È necessario richiamare alla mente tutta la geografia della fame

È necessario richiamare alla mente tutta la "geografia della fame". La terra è in grado di nutrire tutti. Essa appartiene a Dio e tutte le ricchezze in essa contenute Dio le ha consegnate alle mani dell'uomo perché servano al bene di tutti.

Al Congresso eucaristico internazionale di Wroclaw,
Polonia, 1° giugno 1997

La stabilizzazione arbitraria della popolazione mondiale non risolve il problema della fame

Non vi siano più fianco a fianco persone affamate e altre che vivono nell'opulenza, persone molto povere e altre molto ricche (...). Simili contrasti fra la povertà e la ricchezza sono insopportabili per l'umanità (...). Sarebbe illusorio credere che una stabilizzazione arbitraria della popolazione mondiale possa direttamente risolvere il problema della fame (...). La sicurezza alimentare sarà il frutto di decisioni ispirate all'etica della solidarietà e non solo il risultato di operazioni di aiuto reciproco.

Discorso alla FAO, Roma, 13 novembre 1996

Il pane quotidiano per tutti sulla terra è condizione essenziale di pace

Oggi è necessario più che mai che la comunità internazionale si impegni nuovamente nell'adempimento dello scopo primario per il quale la FAO è stata istituita. Il pane quotidiano per tutti sulla terra, il "Fiat panis", a cui la FAO fa riferimento nel suo motto, è la condizione essenziale della pace e della sicurezza nel mondo (...). Le modifiche e le riforme del sistema internazionale, e della FAO in particolare, devono basarsi su un'etica di solidarietà e su una cultura di condivisione.

Alla conferenza generale della FAO, Roma, 23 ottobre 1995

La lotta contro la fame farà cessare le guerre

Soltanto quando le persone considereranno la lotta contro la fame una priorità e si impegneranno a fornire ad ognuno i mezzi per guadagnarsi il proprio pane quotidiano, invece di ammassare armi, i conflitti e le guerre cesseranno e l'umanità sarà in grado di intraprendere un duraturo viaggio di pace.

Alla conferenza generale della FAO, Roma, 23 ottobre 1995

Un uomo che non sa leggere è un vero povero

Là dove si trova l'analfabetismo regnano più che altrove la fame, le malattie, la mortalità infantile, come pure l'umiliazione, lo sfruttamento e molte sofferenze di ogni genere. Un uomo che non sa né leggere né scrivere sperimenta grandi difficoltà ad adeguarsi ai moderni metodi di lavoro: egli è come un condannato all'ignoranza dei suoi diritti e doveri. È un vero povero.

Messaggio per la Quaresima 1995, 7 settembre 1994

L'alfabetizzazione è un investimento essenziale per l'avvenire dell'umanità

La formazione intellettuale è un elemento decisivo per far crescere la cultura umana, la quale aiuta ad essere più autonomi e più liberi. Permette, inoltre, di formare meglio la propria coscienza e di percepire appieno le proprie responsabilità sul piano morale e spirituale (...). L'alfabetizzazione e la scolarizzazione sono un dovere e un investimento essenziali per l'avvenire dell'umanità, per «lo sviluppo integrale di tutto l'uomo e di tutti gli uomini», come ben ha sottolineato il papa Paolo VI. In ogni popolo, più è elevato il numero di persone che beneficiano di una educazione sufficiente, più l'intera comunità sarà in grado di prendere nelle sue mani i propri destini.

Messaggio per la Quaresima 1995, 7 settembre 1994

Il migrante è sacramento della presenza di Cristo

L'uomo, specie se debole, indifeso, respinto ai margini della società, è sacramento della presenza di Cristo (...). «Ero forestiero e mi avete ospitato». È compito della Chiesa non solo riproporre ininterrottamente questo insegnamento di fede del Signore, ma anche indicarne l'appropriata applicazione alle diverse situazioni che il variare dei tempi continua a suscitare. Oggi il migrante irregolare ci si presenta come quel "forestiero", nel quale Gesù chiede di essere riconosciuto. Accoglierlo ed essere solidali con lui è dovere di ospitalità e fedeltà alla propria identità di cristiani.

Per la Giornata del migrante e del rifugiato 1996, 25 luglio 1995

L'accoglienza dello straniero è un dovere cristiano

Per il cristiano, l'accoglienza e la solidarietà verso lo straniero non costituiscono soltanto un dovere umano di ospitalità, ma una precisa esigenza che deriva dalla stessa fedeltà all'insegnamento di Cristo. Occuparsi dei migranti, per il credente, significa impegnarsi per assicurare a fratelli e sorelle giunti da lontano un posto all'interno delle singole comunità cristiane, lavorando perché ad ognuno siano riconosciuti i diritti propri di ogni essere umano.

Per la Giornata mondiale del migrante e del rifugiato 1998, 9 novembre 1997

Il clandestino e il rifugiato sono icona contemporanea del viandante soccorso dal buon samaritano

Il fenomeno migratorio si presenta oggi come un movimento di massa, che coinvolge in gran parte persone povere e bisognose, allontanate dal proprio paese da conflitti armati, da condizioni economiche precarie, da scontri politici, etnici e sociali e da catastrofi naturali (...). Sono i non cristiani che, sempre più numerosi, si portano nei paesi di tradizione cristiana in cerca di lavoro e di migliori condizioni di vita, e lo fanno non di rado nella condizione di clandestini e rifugiati. Ciò pone problemi complessi e di non facile soluzione. La Chiesa, per parte sua, sente il dovere di farsi accanto, come il buon samaritano, al clandestino e al rifugiato, icona contemporanea del viandante derubato, percosso e abbandonato sul ciglio della strada di Gerico. Gli va incontro (...), sentendosi chiamata ad essere segno vivo di Cristo, venuto perché tutti abbiano la vita in abbondanza. In tal modo essa agisce nello spirito di Cristo e ne segue le tracce, curando insieme l'annuncio della Buona Novella e la solidarietà verso il prossimo, elementi intimamente uniti nell'opera della Chiesa.

Per la Giornata del migrante e del rifugiato 1997, 21 agosto 1996

La Chiesa ai migranti deve trasmettere anche il dono della fede

L'impegno della Chiesa per i migranti ed i rifugiati non può ridursi ad organizzare semplicemente le strutture di accoglienza e di solidarietà. Questo atteggiamento mortificherebbe le ricchezze della vocazione ecclesiale, chiamata in primo luogo a trasmettere la fede, che si rafforza donandola.

Per la Giornata del migrante e del rifugiato 1997, 21 agosto 1996

Guerra e pace

Elementi generatori di divisione

Alla radice delle rotture fra nazioni e blocchi di paesi contrapposti non è difficile individuare conflitti che, anziché risolversi mediante il dialogo, si acuiscono nel confronto e nel contrasto. Indagando sugli elementi generatori di divisione, attenti osservatori ne riscontrano i più svariati: dalla crescente sperequazione tra gruppi, classi sociali e paesi agli antagonismi ideologici tutt'altro che spenti; dalla contrapposizione degli interessi economici alle polarizzazioni politiche; dalle divergenze tribali alle discriminazioni per motivi socio-religiosi.

Reconciliatio et Paenitentia, 2

La pace è minacciata dall'intolleranza

Una seria minaccia per la pace è costituita dall'intolleranza, che si manifesta nel rifiuto della libertà di coscienza degli altri (...). L'intolleranza può insinuarsi in ogni aspetto della vita sociale, manifestandosi nella emarginazione o oppressione delle persone e minoranze, che cercano di seguire la propria coscienza per quanto riguarda i loro legittimi modi di vivere. Nella vita pubblica l'intolleranza non lascia spazio alla pluralità delle scelte politiche o sociali, imponendo così su tutti una visione uniforme dell'organizzazione civile e culturale (...). Ancor oggi resta molto da fare per superare l'intolleranza religiosa.

Per la Giornata mondiale della pace 1991, 8 dicembre 1990

La pace del mondo dipende dal primato dello spirito

Sì, l'avvenire dell'uomo dipende dalla cultura! Sì, la pace del mondo dipende dal primato dello spirito! Sì, l'avvenire pacifico dell'umanità dipende dall'amore!

Discorso all'UNESCO, 23 giugno 1980

La pace è dono di Dio

La pace viene da Dio come dal suo fondamento: essa è un dono di Dio. Il dono divino della pace è sempre anche una conquista ed una realizzazione umana, perché esso è proposto all'uomo per essere accolto liberamente ed attuato progressivamente mediante la sua volontà creatrice (...). Mosso dalla fede e dalla speranza, il cristiano si impegna dunque a promuovere una società più giusta; lotta contro la fame, la miseria, la malattia; è attento alla sorte dei migranti, dei prigionieri, degli emarginati.

Per la Giornata mondiale della pace 1982, 21 dicembre 1981

La pace trova giustificazione nel precetto evangelico dell'amore

La pace va costruita giorno per giorno, nelle conoscenze e nei rapporti interpersonali: la pace va anche difesa perché nella visione cristiana la vita trova la sua giustificazione ultima nel precetto evangelico dell'amore. È per amore del prossimo, dei propri cari, dei più deboli e indifesi, come delle tradizioni e dei valori spirituali di un popolo, che bisogna accettare di sacrificarsi, di lottare, di dare anche la propria vita, se fosse necessario.

Ai giovani, Roma, 2 aprile 1989

La pace si edifica sui valori morali

È urgente organizzare la pace del dopo guerra fredda e la libertà del dopo 1989, basandosi su valori morali che sono agli antipodi della legge dei più forti, dei più ricchi o dei più grandi che impongono i loro modelli culturali o i loro diktat economici.

Al Corpo Diplomatico, Roma, 13 gennaio 1997

La pace non è stasi ma azione

La pace non significa una stasi (...); significa uno sforzo, uno sforzo enorme, in cui ognuno ha la propria parte. Bisogna formare la coscienza e il senso di responsabilità. Bisogna essere solidali con coloro, i cui diritti sono violati. Bisogna "voir - juger - agir".

Incontro con i giovani a Tokyo, Giappone, 24 febbraio 1981

L'uomo di pace non chiude gli occhi alle ingiustizie dei conflitti

L'uomo di pace (...) ha una lucida visione delle ingiustizie, delle tensioni e dei conflitti esistenti. Ma (...) egli confida nelle facoltà superiori dell'uomo, nella sua ragione e nel suo cuore, così da inventare cammini di pace (...). Non c'è pace se non c'è disponibilità al dialogo sincero e continuo. La verità stessa si fa nel dialogo, ed essa rafforza, pertanto, questo indispensabile strumento di pace. Né la verità ha paura di oneste intese (...). La verità avvicina gli spiriti; essa rivela ciò che già unisce le parti prima in contrasto tra loro; essa fa indietreggiare le diffidenze di ieri e prepara il terreno per nuovi progressi nella giustizia e nella fraternità, nella coabitazione pacifica di tutti gli uomini.

Per la Giornata mondiale della pace 1980, 18 dicembre 1979

La pace comporta il rifiuto di qualunque dottrina di predominio

Senza la volontà di rispettare la libertà di ogni popolo, di ogni nazione o cultura (...) sarà difficile creare le condizioni della pace (...). Ciò comporta il rifiuto di sottoscrivere qualunque dottrina di predominio nazionale o culturale. Occorre, altresì, la volontà di rispettare gli "itinerari" interni delle altre nazioni, riconoscere la loro personalità in seno alla famiglia umana (...). Vorrei particolarmente insistere perché la comunità delle nazioni s'impegni maggiormente nell'aiutare le nazioni giovani o ancora in via di sviluppo a raggiungere la piena capacità di disporre delle proprie ricchezze e l'autosufficienza in materia alimentare e per i bisogni vitali essenziali.

Per la Giornata mondiale della pace 1981, 8 dicembre 1980

Non bisogna confondere promozione dell'identità nazionale e nazionalismo

Non bisogna confondere la difesa e la promozione della propria identità nazionale con l'insana ideologia del nazionalismo, che induce al disprezzo degli altri. Un conto, infatti, è il giusto amore per il proprio paese, ed altra cosa è il nazionalismo, che induce al disprezzo degli altri. Un conto, infatti, è il giusto amore per il proprio paese, ed altra cosa è il nazionalismo che pone i popoli in contrasto tra loro (...). Pertanto, l'auspicata Carta delle Nazioni non potrà fare a meno di additare, oltre ai diritti, anche i doveri a cui sono chiamate le singole nazioni, affinché venga promossa una responsabile cultura della libertà, profondamente radicata nelle esigenze della verità.

Udienza generale, 11 ottobre 1995

La pace si fonda sull'etica della solidarietà internazionale

È necessario che sulla scena economica internazionale si imponga un'etica della solidarietà, se si vuole che la partecipazione, la crescita economica ed una giusta distribuzione dei beni possano caratterizzare il futuro dell'umanità. La cooperazione internazionale, invocata dalla Carta delle Nazioni Unite «per risolvere problemi internazionali di carattere economico, sociale, culturale e umanitario», non può essere pensata esclusivamente in termini di aiuto e di assistenza (...). Occorre che l'Organizzazione delle Nazioni Unite si elevi dallo stadio freddo di istituzione di tipo amministrativo a quello di centro morale, in cui tutte le nazioni del mondo si sentano a casa loro, sviluppando la comune coscienza di essere, per così dire, una "famiglia di nazioni" (...). Ispirati da quanti si sono assunti il rischio della libertà, potremmo noi non accogliere anche il rischio della solidarietà, e pertanto il rischio della pace?

All'assemblea generale dell'ONU, 5 ottobre 1995

Non c'è pace senza un rispetto profondo ed esteso della libertà

La pace deve realizzarsi nella verità; deve costruirsi sulla giustizia; deve essere animata dall'amore; deve farsi nella libertà. Senza un rispetto profondo ed esteso della libertà la pace sfuggirà all'uomo.

Per la Giornata mondiale della pace 1981, 8 dicembre 1980

La pace non si edifica con la punizione che mortifica la dignità dei popoli

Il perdono non elimina né diminuisce l'esigenza della riparazione, che è propria della giustizia, ma punta a reintegrare sia le persone e i gruppi della società, sia gli stati nella comunità delle nazioni. Nessuna punizione può mortificare l'inalienabile dignità di chi ha compiuto il male. La porta verso il pentimento e la riabilitazione deve restare sempre aperta.

Per la Giornata mondiale della pace 1997, 8 dicembre 1996

La pace poggia su uno stile di convivenza umana improntato all'accoglienza

La pace duratura non è solo questione di strutture e di meccanismi. Essa poggia anzitutto su uno stile di convivenza umana improntato alla reciproca accoglienza e capace di perdono cordiale. Tutti abbiamo bisogno di essere perdonati dai nostri fratelli, tutti dobbiamo quindi essere pronti a perdonare. Chiedere e donare perdono è una via profondamente degna dell'uomo; talvolta è l'unica via per uscire da situazioni segnate da odi antichi e violenti.

Per la Giornata mondiale della pace 1997, 8 dicembre 1996

Condizioni che rendono possibile il dialogo per la pace

Il dialogo per la pace è possibile, sempre possibile (...), è un elemento centrale e indispensabile del pensiero etico degli uomini, chiunque essi siano (...), è in realtà una ricerca comune. Fondamentalmente, esso suppone la ricerca di ciò che è vero, buono e giusto per ogni uomo, per ogni gruppo e ogni società (...). Esige, in via preliminare, l'apertura e l'accoglienza (...). Suppone che ciascuno accetti questa differenza e questa specificità dell'altro (...), stimandolo come soggetto intelligente, libero e responsabile. Il dialogo, nello stesso tempo, è la ricerca di ciò che è e resta comune agli uomini (...): in questo senso, vuol dire fare dell'altro il proprio prossimo (...). Del resto, non è forse sempre più evidente che tutti i popoli della terra si trovano in una situazione di interdipendenza vicendevole sul piano economico, politico e culturale? (...). Infine, il vero dialogo è la ricerca del bene con mezzi pacifici; è volontà costante di ricorrere a tutte le possibili formule di negoziati, di mediazioni, di arbitrato per far sì che i fattori di avvicinamento prevalgano sui fattori di divisioni e di odi.

Per la Giornata mondiale della pace 1983, 8 dicembre 1982

La riconciliazione è la paziente e saggia arte della pace

Quando considereremo gli altri come fratelli e sorelle, allora sarà possibile dare avvio al processo di risanamento delle divisioni all'interno della società e fra i gruppi etnici. Questa riconciliazione è la via che conduce alla vera pace e al progresso autentico (...), non è debolezza o codardia (...), esige coraggio e a volte perfino eroismo: è vittoria su se stessi piuttosto che sugli altri. Non dovrebbe mai essere considerata come un disonore. In realtà si tratta della paziente, saggia arte della pace (...). La riconciliazione implica necessariamente la solidarietà. L'effetto della solidarietà è la pace, i cui frutti sono la gioia e l'unità nelle famiglie, la cooperazione e lo sviluppo nella società, la verità e la giustizia nella vita della nazione.

Omelia alla concelebrazione eucaristica a Onitsha, Nigeria, 22 marzo 1998

Abbandonare la "cultura della guerra" come mezzo sbrigativo per affrontare i problemi

Le guerre, anche quando "risolvono" i problemi che ne sono all'origine, non lo fanno che lasciando dietro di sé vittime e distruzioni, che pesano sulle successive trattative di pace. Questa consapevolezza deve spingere i popoli, le nazioni e gli stati a superare decisamente la "cultura della guerra", non solo nell'espressione più detestabile di una potenza bellica perseguita come strumento di sopraffazione, ma anche in quella meno odiosa, ma non meno rovinosa, del ricorso alle armi inteso come mezzo sbrigativo per affrontare i problemi. Specie in un tempo come il nostro (...) è urgente sviluppare una solida "cultura di pace", che prevenga e scongiuri lo scatenarsi inarrestabile della violenza armata, anche prevedendo interventi volti ad impedire la crescita dell'industria e del commercio delle armi.

Per la Giornata mondiale della pace 1997, 8 dicembre 1996

Guerra alle guerre

È tempo ormai di affermare con forza: «Basta con la guerra!». Guerra giusta e doverosa è fare guerra alle guerre.

Ai partecipanti ai Primi giochi mondiali militari,
Roma, 7 settembre 1995

La Chiesa condanna tutte le forme di genocidio e le teorie razziste

La Chiesa condanna fermamente tutte le forme di genocidio, così come le teorie razziste che le hanno ispirate e che hanno preteso di giustificarle. A tale proposito, si potrebbero ricordare l'enciclica di Pio XI *Mit brennender Sorge* (1937) e quella di Pio XII *Summi Pontificatus* (1939); quest'ultima rammentava la legge della solidarietà umana e della carità verso ogni uomo, a qualunque popolo appartenesse. Il razzismo è dunque una negazione dell'identità più profonda dell'essere umano, che è stato creato a immagine e somiglianza di Dio. Al male morale di tutti i genocidi si aggiunge, con la *shoah*, il male di un odio che mette in discussione il piano salvifico di Dio sulla storia.

All'incontro di studio su *Radici dell'antigiudaismo in ambiente cristiano*,
Roma, 31 ottobre 1997

Perché i mali di ieri non tornino a prodursi ancora

La fatica del perdono non dipende solo dalle vicende del presente. La storia porta con sé un pesante fardello di violenze e di conflitti, di cui non è facile sbarazzarsi (...). Eppure resta vero che non si può rimanere prigionieri del passato: occorre, per i singoli e per i popoli, una sorta di "purificazione della memoria", affinché i mali di ieri non tornino a prodursi ancora. Non si tratta di dimenticare quanto è avvenuto, ma di rileggerlo con sentimenti nuovi, imparando proprio dalle esperienze sofferte che solo l'amore costruisce, mentre l'odio produce devastazione e rovina. Alla ripetitività mortificante della vendetta occorre sostituire la novità liberante del perdono.

Per la Giornata mondiale della pace 1997, 8 dicembre 1996

Il disarmo non è fine a se stesso

Il disarmo non è un fine in sé. Il fine è la pace, di cui uno dei fattori essenziali è la sicurezza (...). La prima decisione che s'impone è evidentemente l'arresto della corsa agli armamenti. Questa esigenza riguarda tanto quelli che producono quanto quelli che acquistano le armi (...). Ogni sforzo internazionale di disarmo deve poggiare la sua efficacia sui principi fondamentali della convivenza pacifica (...). La riduzione e l'eliminazione delle armi non sono, in effetti, che l'avvio visibile di un altro processo di disarmo più profondo, quello degli spiriti e dei cuori (...). Nessuno dubita, d'altra parte, che il disarmo deve accompagnarsi con una intensificazione dello sforzo di sviluppo (...). La causa della pace richiede oggi anzitutto (...) un supplemento di coscienza e di forza morali (...). La "nuova filosofia delle relazioni internazionali" (...) non è sinonimo di utopia, ma si ispira al realismo supremo della solidarietà e della speranza.

All'assemblea generale dell'ONU, 31 maggio 1988

Non si può escludere il ricorso alla forza se ciò venisse richiesto dalla difesa dei giusti diritti di un popolo

Questa cultura della pace, infaticabile nel favorire sempre il dialogo come strumento per risolvere le controversie, in determinate situazioni, e come *ultima ratio*, non può escludere il ricorso alla forza se ciò venisse richiesto dalla difesa dei giusti diritti di un popolo, o dalla necessità di mantenere la pace tra i vari contendenti al fine di evitare stragi di popolazioni innocenti: in simili casi si tratterebbe di una legittima e doverosa ingerenza umanitaria, mirante a salvare vite umane e a proteggere persone deboli e indifese e, in ultima analisi, a portare solidarietà e pace sotto l'egida della comunità internazionale. Questa visione del militare, che porta solidarietà e pace con i mezzi che gli sono propri, è ricca di valore e di dignità.

Ai cappellani militari d'Italia, Fiuggi, Frosinone, 19 ottobre 1995

Cattolicesimo impegnato

La Chiesa deve condurre gli uomini a "ben vivere", a vivere "secondo virtù"

La Chiesa non si limita a condividere le sorti che in questo nostro tempo, come in ogni altra epoca della storia, caratterizzano le esperienze degli uomini (...). Animata dal soffio dello Spirito Santo, la Chiesa vuole infondere anche nella società una tensione nuova per farne una comunità spiritualmente e, per quanto è possibile, anche materialmente ordinata e felice (...). Si tratta di portare gli uomini al "ben vivere", al vivere "secondo le virtù". Ecco la sostanza del bene comune temporale, a cui devono mirare i cittadini mediante la guida dello Stato.

Udienza generale, 21 giugno 1995

È necessario impegnarsi a migliorare la "città terrena"

Gesù è la garanzia della nostra speranza (...). Gesù ci dice che nonostante le difficoltà della vita, merita impegnarsi con volontà tenace e benefica nella costruzione e nel miglioramento della "città terrena" con l'animo sempre teso verso quella eterna.

Al pellegrinaggio di Napoli, 24 marzo 1979

La dottrina sociale della Chiesa deve rispondere alle molteplici sfide del nostro tempo

La dottrina sociale della Chiesa, ispirata dal Vangelo, è lo strumento appropriato con cui i cristiani del nostro tempo si misurano con le molteplici sfide del nostro tempo, coscienti della ricchezza e della originalità del loro patrimonio, difensori di una concezione dell'uomo e della storia in armonia con la loro fede (...), per dare al loro impegno sociale e politico una qualità spirituale e culturale che risponda alle esigenze del momento presente.

All'assemblea plenaria del consiglio "Justitia et Pax", 29 settembre 1994

I cristiani siano presenti a tutti i livelli della vita associativa e pubblica

Non basta che alcune voci soltanto si elevino nella vita pubblica. I cristiani siano presenti in tutte le loro competenze e secondo le loro convinzioni, in tutti i cantieri della vita associativa e pubblica, a tutti i livelli (...). Contribuiscano al miglioramento della società e delle stesse istituzioni! Assumano, al meglio delle loro capacità, le loro funzioni economiche nel rispetto del lavoro! Sappiano fare una lettura lucida dell'informazione! Prendano parte alle cure dei malati! Pratichino l'accoglienza fraterna! Siano dovunque rispettosi di coloro che non aderiscono alla loro fede, senza cessare di desiderare che essi la condividano a loro volta! E abbiano il coraggio della chiarezza nell'affermazione dei valori evangelici che li guidano!

Ai vescovi dell'Ile-de-France, Roma, 27 febbraio 1987

Diritto e dovere dei cristiani di partecipare alla politica

Tutti e ciascuno hanno diritto e dovere di partecipare alla politica, sia pure con diversità e complementarietà di forme, livelli, compiti e responsabilità. Le accuse di arrivismo, di idolatria del potere, di egoismo e di corruzione che non infrequentemente vengono rivolte agli uomini del governo, del parlamento, della classe dominante, del partito politico, come pure l'opinione non poco diffusa che la politica sia un luogo di necessario pericolo morale, non giustificano minimamente né lo scetticismo né l'assenteismo dei cristiani per la cosa pubblica.

Christifideles Laici, 42

Il politico cristiano porti il Vangelo della vita sulle strade del mondo

Poiché in un mondo senza verità la libertà perde il suo fondamento, «una democrazia senza valori si converte facilmente in un totalitarismo aperto oppure subdolo, come dimostra la storia». Per questo uno dei compiti più urgenti del politico cristiano è quello di portare il Vangelo della vita "su tutte le strade del mondo", in particolare nei mezzi di comunicazione sociale, dei quali non bisogna sottovalutare il potere.

A un gruppo di parlamentari austriaci, 22 marzo 1997

L'amore della patria è una virtù cristiana

Il cristiano ama la sua patria terrena. L'amore della patria è una virtù cristiana. Sull'esempio del Cristo, i primi suoi discepoli hanno sempre manifestato una sincera *pietas*, un profondo rispetto e una limpida lealtà nei confronti della patria terrena, anche quando erano oltraggiati e perseguitati a morte dalle autorità civili. I cristiani hanno portato, durante il corso di due millenni, e continuano a portare oggi il loro contributo di lavoro, di dedizione, di sacrificio, di preparazione, di sangue per il progresso civile, sociale, economico della loro patria.

Ai giovani di Otranto, Lecce, 5 ottobre 1980

L'universalità non si oppone al patriottismo

L'universalità, dimensione essenziale nel popolo di Dio, non si oppone al patriottismo né entra in conflitto con esso. Al contrario lo integra, rafforzando in esso i valori che possiede; soprattutto l'amore alla propria patria, portato se è necessario fino al sacrificio; ma nello stesso tempo aprendo il patriottismo di ciascuno al patriottismo degli altri, affinché siano intercomunicanti e si arricchiscano. La pace vera e duratura deve essere frutto maturo di una raggiunta integrazione di patriottismo e di universalità.

Ai vescovi dell'Argentina, 13 giugno 1982

La Chiesa deve illuminare con la luce del Vangelo anche la realtà politica

La Chiesa non si confonde in alcun modo con la comunità politica né è legata ad alcun sistema politico. Ma anche è vero che essa, come esigenza della missione che ha ricevuto da Gesù Cristo, ha da proiettare la luce del Vangelo anche sopra le realtà temporali, compresa l'attività politica, perché brillino sempre più nella società quei valori etici e morali che salvaguardino il carattere trascendente della persona e la necessità di tutelare i suoi diritti inalienabili.

A un gruppo di dirigenti politici cileni, 3 aprile 1987

La Chiesa è al servizio della riconciliazione

La Chiesa desidera mettersi a servizio dell'unità tra gli uomini, desidera mettersi a servizio della riconciliazione fra le nazioni. Ciò appartiene alla sua missione salvifica.

Omelia a Jasna Gora, Polonia, 5 giugno 1979

La Chiesa promuove la pace fra i popoli

La Santa Sede si sforza sia di intervenire presso i governanti e i responsabili delle varie istanze internazionali, sia di associarsi ad essi, dialogando con essi o stimolandoli a dialogare fra di loro, a beneficio della riconciliazione in mezzo ai numerosi conflitti. Essa fa questo non per secondi fini o per interessi occulti – poiché non ne ha – ma "per una preoccupazione umanitaria", mettendo la sua struttura istituzionale e la sua autorità morale, del tutto singolari, a servizio della concordia e della pace. Essa fa questo convinta che come "nella guerra due parti insorgono l'una contro l'altra", così "nella questione della pace sono pure sempre e necessariamente due parti che debbono sapersi impegnare", e in ciò "si trova il vero senso del dialogo per la pace".

Reconciliatio et Paenitentia, 25

La Chiesa promuove l'educazione dei popoli

La Chiesa, "esperta in umanità", a buon diritto può anche dirsi "esperta in educazione" (...). Grazie all'opera di tanti educatori e pastori e di numerosi ordini e istituti religiosi, promotori di istituzioni di inestimabile valore umano e culturale, la storia della Chiesa si identifica, in non piccola parte, con la storia dell'educazione dei popoli.

Iuvenum Patris, 7

La Chiesa rifiuta la "privatizzazione" dell'etica

Nell'odierna cultura dell'Europa contemporanea è forte la tendenza a "privatizzare" l'etica e a negare rilevanza pubblica al messaggio morale cristiano. La dottrina sociale della Chiesa rappresenta, di per se stessa, il rifiuto di tale privatizzazione perché mette in luce le autentiche e decisive dimensioni sociali della fede, illustrandone le conseguenze etiche.

Ai partecipanti al convegno di "Justitia et Pax", Roma, 20 giugno 1997

La Chiesa deve assumere posizioni coraggiose contro la corruzione del potere politico ed economico

La Chiesa, immersa nella società, non ricerca alcuna forma di potere politico per compiere la sua missione, ma vuole essere germe fecondo di bene comune con la sua presenza nelle strutture sociali. Mira in primo luogo alla persona umana e alla comunità nella quale vive, sapendo che la sua prima via è l'uomo concreto con i suoi bisogni e con le sue aspirazioni (...). La Chiesa è chiamata a dare la sua testimonianza a Cristo assumendo posizioni coraggiose e profetiche di fronte alla corruzione del potere politico ed economico; non cercando essa stessa gloria e beni materiali; usando dei suoi beni per il servizio dei più poveri ed imitando la semplicità di vita di Cristo.

Alla celebrazione eucaristica a Santiago de Cuba, 24 gennaio 1998

La Chiesa non si oppone a gruppi

Non occorre dire della solidarietà della Chiesa con i poveri, con le vittime di leggi ingiuste o di ingiuste strutture sociali ed economiche. Ma le forme in cui questa solidarietà si realizza non possono scaturire da un'analisi basata su distinzioni di classe e sulla lotta di classe. L'impegno della Chiesa è di chiamare tutti gli uomini e tutte le donne alla conversione e alla riconciliazione, senza opporsi a gruppi, senza essere "contro" alcuno. Ogni forma di ministero e di servizio nella Chiesa deve essere un'espressione dell'amore che è nel cuore di Gesù.

All'assemblea dei vescovi dell'Africa meridionale, 2 agosto 1984

Matrimonio e famiglia

La famiglia non è una struttura accessoria ed estrinseca

La famiglia non è per l'uomo una struttura accessoria ed estrinseca, che ostacola il suo sviluppo e la sua dinamica interiore (...); è l'ambito privilegiato per far crescere le potenzialità personali e sociali che l'uomo porta inscritte nel suo essere (...); è il luogo in cui ogni persona è chiamata a sperimentare, fare proprio e partecipare a quell'amore, senza il quale l'uomo non potrebbe esistere e tutta la sua vita sarebbe priva di senso.

Incontro mondiale delle famiglie, Rio de Janeiro, Brasile, 3 ottobre 1997

La famiglia è l'istituzione fondamentale di ogni società

La famiglia è una comunità di persone, la più piccola cellula sociale, e come tale è una istituzione fondamentale per la vita di ogni società.

Lettera alle famiglie, 17

Nella famiglia si radica l'intera rete delle relazioni sociali di ogni singolo uomo

L'essere umano viene al mondo normalmente all'interno di una famiglia, per cui si può dire che deve ad essa il fatto stesso di essere come uomo. Quando manca la famiglia, viene a crearsi nella persona che entra nel mondo una preoccupante e dolorosa carenza che peserà in seguito su tutta la vita. La Chiesa è vicina con affettuosa sollecitudine a quanti vivono simili situazioni, perché conosce bene il fondamentale ruolo che la famiglia è chiamata a svolgere. Essa sa inoltre che normalmente l'uomo esce dalla famiglia per realizzare, a sua volta, un nuovo nucleo familiare, la propria vocazione di vita. Persino quando sceglie di restare solo, la famiglia rimane, per così dire, il suo orizzonte esistenziale, come quella fondamentale comunità, nella quale si radica l'intera rete delle sue relazioni sociali, da quelle più immediate e vicine a quelle più lontane. Non parliamo forse di "famiglia umana" riferendoci all'insieme degli uomini che vivono nel mondo?

Lettera alle famiglie, 2

La famiglia è luogo privilegiato di sviluppo personale e sociale

La famiglia è luogo privilegiato di sviluppo personale e sociale. Chi promuove la famiglia, promuove l'uomo: chi la attacca, attacca l'uomo.

Udienza generale, 8 ottobre 1997

La salvezza della persona e della società è strettamente connessa con una felice situazione della famiglia

Occorre rafforzare l'interesse attivo per la grande causa della famiglia, cellula primordiale della società e santuario della vita, attraverso la quale passa il futuro dell'umanità e della nuova evangelizzazione (...). La salvezza della persona e della società umana e cristiana è strettamente connessa con una felice situazione della comunità coniugale e familiare. Questa è la certezza della Chiesa e dei popoli che riconoscono nella famiglia, fondata sul matrimonio, un patrimonio inalienabile dell'umanità. Infatti l'identità spirituale o culturale delle famiglie costituisce la base dell'identità della nazione a cui esse appartengono.

Angelus Domini, 14 settembre 1997

La famiglia è patrimonio dell'umanità

La famiglia è patrimonio dell'umanità, perché è attraverso di essa che, secondo il disegno di Dio, si deve prolungare la presenza dell'uomo sulla terra.

Discorso nello stadio Maracanà a Rio de Janeiro, Brasile, 4 ottobre 1997

La vocazione principale della famiglia è donare e coltivare la vita

La famiglia, ogni famiglia, è chiamata ad essere la festa e il santuario della vita. È questa la vocazione principale della famiglia: donare e coltivare con amore e rispetto la vita di ogni suo membro.

Udienza generale, 21 dicembre 1994

Il focolare dove regnano Dio e l'onestà è il più tiepido e il più tranquillo

Nella scambievole donazione avete trovato la felicità a cui aspira il cuore umano. Si tratta di fermare quella felicità che sfugge col tempo, e fare della vostra casa il suo domicilio. Potrete farlo, pur nella miseria delle cose umane, se saprete guardarvi l'un l'altro come Gesù guarda e ama la sua Chiesa, e la Chiesa guarda a Cristo, suo sposo. Il focolare, dove regnano Dio, la religione, l'onestà, è sempre il più tiepido e il più tranquillo.

Udienza generale, 16 luglio 1980

Le famiglie possono e devono dedicarsi a molteplici opere di servizio sociale

Il compito sociale della famiglia non può certo fermarsi all'opera procreativa ed educativa, anche se trova in essa la sua prima e insostituibile forma di espressione. Le famiglie, sia singole che associate, possono e devono pertanto dedicarsi a molteplici opere di servizio sociale, specialmente a vantaggio dei poveri, e comunque di tutte quelle persone e situazioni che l'organizzazione previdenziale ed assistenziale delle pubbliche autorità non riesce a raggiungere.

Familiaris Consortio, 44

La famiglia cristiana deve esercitare la carità verso tutti

Animata e sostenuta dal comandamento nuovo dell'amore, la famiglia cristiana vive l'accoglienza, il rispetto, il servizio verso ogni uomo, considerato sempre nella sua dignità di persona e di figlio di Dio (...). La carità va oltre i propri fratelli di fede, perché «ogni uomo è mio fratello»: in ciascuno, soprattutto se povero, debole, sofferente e ingiustamente trattato, la carità sa scoprire il volto di Cristo e un fratello da amare e da servire.

Familiaris Consortio, 64

La pratica delle opere di misericordia stimola la vita cristiana della famiglia

Molte sono le circostanze che possono stimolare la vita cristiana della famiglia: accogliere un povero, soccorrere un vicino di casa, ospitare un pellegrino. La pratica delle opere di misericordia trova nella famiglia l'ambiente ideale: è così che il "Vangelo della vita" ha il suo primo spazio di annuncio, di celebrazione e di servizio. Occorre aiutare le famiglie a maturare la loro fede e a tradurla nella vita.

All'assemblea plenaria del Pontificio consiglio per la famiglia,
30 settembre 1995

Col matrimonio Dio ha reso l'uomo partecipe delle sue prerogative più alte

Il matrimonio e la famiglia non sono opera dell'uomo soltanto, ma rispondono a un progetto eterno di Dio, che oltrepassa le mutevoli condizioni dei tempi e perdura immutato attraverso le vicende della storia. Con l'istituzione del matrimonio uno e indissolubile, Dio ha voluto rendere l'uomo partecipe delle sue prerogative più alte, che sono il suo amore per gli uomini e la sua facoltà creatrice (...). Nato dall'amore creatore di Dio, il matrimonio trova la sua legge fondamentale e il suo valore morale nell'autentico amore reciproco, per cui ciascuno dei coniugi si impegna con tutto se stesso ad aiutare l'altro; e nel desiderio comune di interpretare fedelmente l'amore di Dio, creatore e padre, generando nuove vite.

Ai vescovi dell'Emilia-Romagna, 2 maggio 1986

Il sacramento del matrimonio diventa il modo di partecipare alla vita di Dio

Il matrimonio, l'essere genitori, la maternità, la paternità, la famiglia: tutto questo appartiene all'ordine della natura, da quando Dio ha creato l'uomo e la donna; e tutto questo, mediante l'azione di Cristo, viene elevato all'ordine soprannaturale. Il sacramento del matrimonio diventa il modo di partecipare alla vita di Dio.

Alla celebrazione eucaristica nella cattedrale di Rio de Janeiro,
Brasile, 4 ottobre 1997

Il matrimonio cristiano rende visibile il senso dell'amore divino

Il matrimonio cristiano è un sacramento che opera una specie di consacrazione a Dio; è un ministero dell'amore che, mediante la sua testimonianza, rende visibile il senso dell'amore divino e la profondità del dono coniugale vissuto nella famiglia cristiana; è un impegno di paternità e di maternità, del quale il reciproco amore nelle persone divine è la sorgente, l'immagine perfettissima, ineguagliabile. Questo si affermerà e si realizzerà in ogni partecipazione alla missione della Chiesa.

Ai membri del Tribunale della Sacra Rota, 30 gennaio 1986

L'indissolubilità del matrimonio è il fondamento della famiglia

«Non sono più due, ma una carne sola. Quello dunque che Dio ha congiunto, l'uomo non lo separi». Questa è la verità sul matrimonio, su cui si fonda la verità della famiglia. Qui sta il segreto della sua felice riuscita e insieme la fonte della sua missione, che è quella di far risplendere nel mondo un riflesso dell'amore di Dio Uno e Trino, Creatore e Redentore della vita.

Udienza generale, 8 ottobre 1997

Nell'alleanza coniugale l'uomo e la donna si giurano fedeltà, amore e onestà reciproci

L'amore sponsale si esprime nella donazione totale (...). Donandosi reciprocamente nell'alleanza coniugale, l'uomo e la donna si giurano l'un l'altro fedeltà, amore e onestà per «tutti i giorni della loro vita» e nel loro consenso è contenuta la prospettiva della paternità e della maternità. Gli sposi si riconoscono come futuri genitori, come padre e madre, manifestando la volontà di perseverare nell'unità coniugale anche in considerazione della prole che Dio darà loro.

Agli universitari romani, 15 dicembre 1994

La fedeltà assoluta dei coniugi e la difesa della vita fin dal suo concepimento sono i valori fondamentali della famiglia

Con la famiglia sono collegati i valori fondamentali che non si possono violare senza danni incalcolabili di natura morale (...). Il primo di essi è il valore della persona che si esprime nella reciproca fedeltà assoluta fino alla morte (...). La conseguenza di questa affermazione del valore della persona, che si esprime nella reciproca relazione tra marito e moglie, deve essere anche il rispetto del valore personale della nuova vita, cioè del bambino, dal primo momento del suo concepimento.

Chiesa del Gesù, Roma, 31 dicembre 1978

Il permissivismo morale relativo al matrimonio e alla famiglia provoca danni all'intera comunità

Nessuna società umana può correre il rischio del permissivismo in questioni di fondo concernenti l'essenza del matrimonio e della famiglia. Un simile permissivismo morale non può che recare danno alle autentiche esigenze della pace e della comunione fra gli uomini. Si comprende così perché la Chiesa difende con ogni forza l'identità della famiglia e stimola le istituzioni competenti, specialmente i responsabili della politica, come pure le organizzazioni internazionali, a non cedere alla tentazione di un'apparente e falsa modernità.

Lettera alle famiglie, 17

L'"unione dei due nella carne" apre la vita dei coniugi alla logica del dono sincero che dà senso al matrimonio

Quando l'uomo e la donna nel matrimonio si donano e si ricevono reciprocamente nell'unità di "una sola carne", la logica del dono sincero entra nella loro vita. Senza di essa, il matrimonio sarebbe vuoto, mentre la comunione delle persone, edificata su tale logica, diventa comunione dei genitori. Quando trasmettono la vita al figlio, un nuovo "tu" umano si inserisce nell'orbita del "noi" dei coniugi, una persona che essi chiamano con un nome nuovo: «nostro figlio...; nostra figlia...» (...). Il neonato si dona ai genitori per il fatto stesso di venire all'esistenza. Il suo esistere è già un dono, il primo dono del Creatore alla creatura.

Lettera alle famiglie, 11

L'amore dei coniugi deve aprirsi a nuove vite

L'amore dei coniugi che non si racchiude su se stesso, ma secondo l'impulso e la legge della natura si apre a nuove vite, diventa, con l'aiuto della grazia divina, un esercizio di carità santa e santificatrice, mediante il quale i coniugi contribuiscono alla crescita della Chiesa. Lo stesso avviene nell'adempimento del compito educativo, che è un dovere connesso con la stessa procreazione.

Udienza generale, 3 agosto 1994

La generazione è la continuazione della creazione

Affermando che i coniugi, come genitori, sono collaboratori di Dio Creatore nel concepimento e nella generazione di un nuovo essere umano, non ci riferiamo solo alle leggi della biologia: intendiamo sottolineare piuttosto che nella paternità e maternità umane Dio stesso è presente in modo diverso da come avviene ogni altra generazione "sulla terra". Infatti soltanto da Dio può provenire quella "immagine e somiglianza" che è propria dell'essere umano, così come è avvenuto nella creazione. La generazione è la continuazione della creazione.

Lettera alle famiglie, 49

L'uomo senta la maternità della sua sposa come un dono

Per la "civiltà dell'amore" è essenziale che l'uomo senta la maternità della donna, sua sposa, come un dono: questo infatti incide enormemente sull'intero processo educativo. Molto dipende dalla sua disponibilità a prendere parte nel modo giusto a questa prima fase del dono dell'umanità e a lasciarsi coinvolgere in quanto marito e padre nella maternità della moglie.

Lettera alle famiglie, 16

Paternità e maternità responsabili sono il postulato dell'amore per l'uomo

Occorre prendere in considerazione l'indice demografico. E la via giusta è ciò che la Chiesa chiama paternità e maternità responsabili (...). La paternità e la maternità responsabili sono il postulato dell'amore per l'uomo; e sono anche il postulato di un autentico amore coniugale, poiché l'amore non può essere irresponsabile. La sua bellezza è contenuta proprio nella responsabilità.

Varcare la soglia della speranza, pp. 225-226

La sterilità fisica non toglie valore alla vita coniugale

Anche quando la procreazione non è possibile, non per questo la vita coniugale perde il suo valore. La sterilità fisica, infatti, può essere occasione per gli sposi di altri servizi importanti alla vita della persona umana, quali ad esempio l'adozione, le varie forme di opere educative, l'aiuto ad altre famiglie, ai bambini poveri o handicappati.

Familiaris Consortio, 14

L'amore parentale sia segno visibile dell'amore di Dio

Divenendo genitori, gli sposi ricevono da Dio il dono di una nuova responsabilità. Il loro amore parentale è chiamato a divenire per i figli il segno visibile dello stesso amore di Dio, «dal quale ogni paternità nei cieli e sulla terra prende nome».

Familiaris Consortio, 14

Allo sviluppo umano del bambino giova il valore di un forte e amorevole ambiente familiare

Voi conoscete il valore di un forte e amorevole ambiente familiare, nel quale il padre, la madre, fratelli, sorelle e altri parenti contribuiscono tutti ad aiutare il bambino o la bambina ad acquisire la propria identità culturale e religiosa. Non è possibile impegnarsi per il bene del bambino senza nello stesso tempo essere sulla stessa linea di coloro che lavorano per la famiglia, aiutare tutte le famiglie a prendere coscienza delle proprie possibilità per la formazione di persone mature, che saranno la forza della società di domani.

Ai comitati nazionali dell'UNICEF, 16 ottobre 1984

Chi abbandona i propri figli dovrà rendere conto al tribunale di Dio

Le società che si disinteressano dell'infanzia sono disumane ed irresponsabili. I focolari che non educano integralmente i propri figli, che li abbandonano, commettono una gravissima ingiustizia, di cui dovranno rendere conto davanti al tribunale di Dio. So che non poche famiglie alle volte sono vittime di situazioni più grandi di loro. In tali casi, occorre fare appello alla solidarietà di tutti, perché i bambini non finiscano per essere vittime di ogni forma di povertà: quella della miseria economica e, soprattutto, della miseria morale.

Discorso nello stadio Maracanà a Rio de Janeiro, Brasile, 4 ottobre 1997

La famiglia è la scuola di umanità più completa e ricca

Tutti i membri della famiglia, ognuno secondo il proprio dono, hanno la grazia e la responsabilità di costruire, giorno per giorno, la comunione delle persone, facendo della famiglia una "scuola di umanità più completa e più ricca"; è quanto avviene con la cura e l'amore verso i piccoli, gli ammalati e gli anziani; col servizio reciproco di tutti i giorni; con la condivisione dei beni, delle gioie e delle sofferenze.

Familiaris Consortio, 21

La famiglia è, in un certo senso, "sovrana" nell'educazione dei figli

I genitori hanno specifici diritti e responsabilità nell'educazione e formazione dei figli ai valori morali, specialmente nella difficile età dell'adolescenza. Si tratta di una concezione tutt'altro che arbitraria, sostenuta anzi dall'universale senso morale, pur nella diversità delle religioni e delle culture. La famiglia, in tal modo, deve essere riconosciuta come società primordiale e, in certo sento, "sovrana"! Lo Stato ha il compito di promuoverla nel rispetto del principio di sussidiarietà, mai travalicando gli ambiti di autonomia propri della vita familiare.

Angelus Domini, 4 settembre 1994

L'autorità pubblica non ha il diritto di sostituirsi ai genitori nell'ambito educativo

I genitori, avendo dato la vita ai figli, hanno l'oneroso obbligo di educare la prole e, di conseguenza, devono essere riconosciuti come i principali educatori dei propri figli. Questo compito educativo è così importante che, quando manca, difficilmente si può sostituire. Si tratta di un dovere e di un diritto insostituibile e inalienabile. È vero che nell'ambito educativo all'autorità pubblica spettano diritti e doveri, in quanto deve essere al servizio del bene comune; tuttavia questo non le dà il diritto di sostituirsi ai genitori.

Alla celebrazione eucaristica di Santa Clara, Cuba, 22 gennaio 1998

Donna

Gesù ha superato il pregiudizio dell'inferiorità della donna

Nel suo ministero, Gesù è accompagnato da numerose donne che lo seguono e rendono servizio a lui e alla comunità dei discepoli. È un fatto nuovo rispetto alla tradizione giudaica. Gesù (...) anche in questo modo manifesta il superamento dei pregiudizi diffusi nel suo ambiente, come in buona parte del mondo antico, sull'inferiorità della donna.

Udienza generale, 6 luglio 1994

L'uomo e la donna sono esseri umani di egual grado

«Dio creò l'uomo a sua immagine, a immagine di Dio lo creò; maschio e femmina li creò». Questo passo conciso contiene le verità antropologiche fondamentali: l'uomo è l'apice di tutto l'ordine del creato nel mondo visibile – il genere umano, che prende inizio dalla chiamata all'esistenza dell'uomo e della donna, corona tutta l'opera della creazione –; ambedue sono esseri umani, in egual grado l'uomo e la donna, ambedue creati a immagine di Dio. Questa immagine e somiglianza con Dio, essenziale per l'uomo, dall'uomo e dalla donna, come sposi e genitori, viene trasmessa ai loro discendenti.

Mulieris Dignitatem, 6

Nei disegni divini le donne hanno un ruolo insostituibile nella storia dell'umanità

In Maria Dio ha fatto sorgere una personalità femminile che supera di molto la condizione ordinaria della donna (...). Il dono singolare fatto alla Madre del Signore non soltanto testimonia quello che potremmo chiamare il rispetto di Dio per la donna, ma evidenzia altresì la considerazione profonda che vi è nei disegni divini per il suo ruolo insostituibile nella storia dell'umanità. Le donne hanno bisogno di scoprire questa stima divina per prendere sempre più coscienza della loro elevata dignità.

Udienza generale, 29 novembre 1995

Stati e istituzioni internazionali restituiscano alle donne il pieno rispetto della loro dignità e del loro ruolo

Siamo purtroppo eredi di una storia di enormi condizionamenti che, in tutti i tempi e in ogni latitudine, hanno reso difficile il cammino della donna. Ciò le ha impedito di essere fino in fondo se stessa, e ha impoverito l'intera umanità di autentiche ricchezze spirituali (...). Il mio grazie alle donne si fa pertanto appello accorato, perché da parte di tutti, e in particolare da parte degli stati e delle istituzioni internazionali, si faccia quanto è necessario per restituire alle donne il pieno rispetto della loro dignità e del loro ruolo. In proposito non posso non manifestare la mia ammirazione per le donne di buona volontà che si sono dedicate a difendere la dignità della condizione femminile attraverso la conquista di fondamentali diritti sociali, economici e politici, e ne hanno presa coraggiosa iniziativa in tempi in cui questo loro impegno veniva considerato un atto di trasgressione, un segno di mancanza di femminilità, una manifestazione di esibizionismo, e magari un peccato!

Lettera alle donne, 29 giugno 1995

Alla donna Dio affida in modo speciale l'essere umano

La forza morale della donna, la sua forza spirituale si unisce con la consapevolezza che Dio le affida in un modo speciale l'uomo, l'essere umano. Naturalmente, Dio affida ogni uomo a tutti e a ciascuno. Tuttavia, questo affidamento riguarda in modo speciale la donna – proprio a motivo della sua femminilità – ed esso decide in particolare della sua vocazione.

Mulieris Dignitatem, 30

Compito delle donne è "riconciliare gli uomini con la vita"

Riprendendo le parole del messaggio conclusivo del Concilio Vaticano II, rivolgo anch'io alle donne il pressante invito: «Riconciliate gli uomini con la vita». Voi siete chiamate a testimoniare il senso dell'amore autentico, di quel dono di sé e di quella accoglienza dell'altro che si realizzano in modo specifico nella relazione coniugale, ma che devono essere l'anima di ogni altra relazione interpersonale. L'esperienza della maternità favorisce in voi una sensibilità acuta per l'altra persona e, nel contempo, vi conferisce un compito particolare: «La maternità contiene in sé una speciale comunione col mistero della vita, che matura nel seno della donna... Questo modo unico di contatto col nuovo uomo che si sta formando crea a sua volta un atteggiamento verso l'uomo – non solo verso il proprio figlio, ma verso l'uomo in genere – tale da caratterizzare profondamente tutta la personalità della donna». La madre, infatti, accoglie e porta in sé un altro, gli dà modo di crescere dentro di sé, gli fa spazio, rispettandolo nella sua alterità. Così, la donna percepisce e insegna che le relazioni umane sono autentiche se si aprono all'accoglienza dell'altra persona, riconosciuta e amata per la dignità che le deriva dal fatto di essere persona e non da altri fattori, quali l'utilità, la forza, l'intelligenza, la bellezza, la salute. Questo è il contributo fondamentale che la Chiesa e l'umanità si attendono dalle donne.

Evangelium Vitae, 99

La maternità ha una dimensione sacra

Dio ha tanto amato la maternità umana, la maternità di una donna – della Vergine di Nazareth, mediante la quale ha potuto dare al mondo il suo Figlio unigenito –, che in questa luce ogni maternità umana acquista una straordinaria dimensione. È sacra. Sacra è la vita. E sacra è la maternità di ogni madre.

Omelia in piazza del Campo a Siena, 14 settembre 1980

La maternità è la vocazione della donna

La maternità è la vocazione della donna: lo era ieri, lo è oggi, lo sarà sempre; è la sua vocazione eterna (...). La mamma è colei che comprende tutto e con il cuore abbraccia ognuno di noi.

Udienza generale, 10 gennaio 1979

Nella vocazione alla maternità si realizza al massimo grado la dignità della donna

Per quanto si aprano alla donna spazi di lavoro professionale nella società e di apostolato nella Chiesa, niente si potrà mai equiparare all'eminente dignità che le appartiene per la sua maternità, quando questa viene vissuta in tutte le sue dimensioni. Anche nelle condizioni psico-sociali del mondo contemporaneo, la donna è chiamata a prendere coscienza del valore della sua vocazione alla maternità, come affermazione della propria dignità personale, come capacità e accettazione dell'espansione di sé in nuove vite e, in luce teologica, come partecipazione all'attività creatrice di Dio.

Udienza generale, 20 luglio 1994

Il ruolo della donna all'interno della famiglia contribuisce al bene e al progresso sociale

Il riconoscimento del ruolo pubblico delle donne non deve

sminuire quello insostituibile all'interno della famiglia: qui il loro contributo al bene e al progresso sociale, anche se poco considerato, è di valore veramente inestimabile. In proposito non mi stancherò mai di chiedere che si compiano decisivi passi in avanti in ordine al riconoscimento e alla promozione di così importante realtà.

Per la Giornata mondiale della pace 1995, 8 dicembre 1994

La semplicità della vita di tante casalinghe racchiude un valore straordinario

L'esempio di Maria illumina e incoraggia l'esperienza di tante donne che svolgono il loro quotidiano lavoro esclusivamente tra le pareti domestiche. Si tratta di un impegno umile, nascosto, ripetitivo (...). La semplicità della vita di tante casalinghe, sentita come missione di servizio e di amore, racchiude un valore straordinario agli occhi del Signore.

Udienza generale, 29 gennaio 1997

Il compito educativo è il prolungamento naturale della procreazione

Madre è non solo la donna che dà alla luce un bambino, ma colei che lo alleva e lo educa; anzi, possiamo ben dire che il compito educativo è, secondo il piano divino, il prolungamento naturale della procreazione.

Udienza generale, 4 dicembre 1996

La donna ha la responsabilità della trasmissione della fede nella prima educazione dei figli

Nella famiglia la donna ha la possibilità e la responsabilità della trasmissione della fede nella prima educazione dei figli (...). La comunione profonda che l'unisce ad essi le consente di orientarli efficacemente verso Cristo.

Udienza generale, 13 luglio 1994

È sbagliato pensare che l'onore della donna derivi più dal lavoro esterno che dall'attività familiare

Si deve superare la mentalità secondo la quale l'onore della donna deriva più dal lavoro esterno che dall'attività familiare. Ma ciò esige che gli uomini stimino e amino veramente la donna con ogni rispetto della sua dignità personale, e che la società crei e sviluppi le condizioni adatte per il lavoro domestico.

Familiaris Consortio, 23

Il lavoro della donna sia strutturato in modo che non torni a danno della famiglia

La vera promozione della donna esige che il lavoro sia strutturato in tal modo che essa non debba pagare la sua promozione con l'abbandono della propria specificità e a danno della famiglia, nella quale ha come madre un ruolo insostituibile.

Laborem Exercens, 19

Le incontrollabili politiche del libero mercato creano ostacoli sul cammino delle donne

La sfida che la maggior parte della società deve affrontare è quella di sostenere e di fatto rafforzare il ruolo della donna nella famiglia, facendo sì allo stesso tempo che essa possa esprimere tutte le sue potenzialità ed esercitare i propri diritti nella edificazione della società. Tuttavia, la maggiore presenza della donna nell'occupazione, nella vita pubblica e in generale nei processi di elaborazione delle decisioni che guidano la società, sullo stesso piano dell'uomo, sarà sempre problematica fino a quando il settore privato continuerà a farne le spese. In quest'area lo Stato ha il dovere della sussidiarietà (...) attraverso consoni atti legislativi e iniziative riguardanti la sicurezza sociale. Di fronte a incontrollabili politiche di libero mercato c'è poca speranza che le donne possano riuscire a superare gli ostacoli sul loro cammino.

Messaggio per la Conferenza mondiale dell'ONU sulla donna, 25 maggio 1995

La donna ha una sua propria missione nello sviluppo della società

La donna ha una sua missione propria in seno alle strutture che regolano la vita pubblica, da una parte riconoscendo che la presenza della donna nella struttura familiare, con tutto il contesto di affetti, di diritti, di valori è un fatto irrinunciabile e insostituibile; dall'altro inserendo in maniera pacifica ed equilibrata la presenza della donna nelle strutture che regolano lo sviluppo di tutta la società (...).

Al congresso nazionale del Centro Italiano Femminile, 14 dicembre 1985

Le donne siano presenti nella trasformazione della società

A tutte le donne ripeto: «Siate presenti con la vostra creatività nella trasformazione di questa società. Portate il vostro contributo, illuminato dal vostro sentimento religioso, a tutti i vostri dirigenti e anche alle più alte autorità».

Angelus Domini, 6 dicembre 1981

La donna non si appropri delle caratteristiche maschili

Ai nostri tempi la questione dei "diritti della donna" ha acquistato un nuovo significato nel vasto contesto dei diritti della persona umana. Illuminando questo programma (...), il messaggio biblico ed evangelico custodisce la verità sull'"unità" dei "due", cioè su quella dignità e quella vocazione che risultano dalla specifica diversità e originalità personale dell'uomo e della donna (...). La donna – nel nome della liberazione dal "dominio" dell'uomo – non può tendere ad appropriarsi delle caratteristiche maschili, contro la sua propria "originalità" femminile. Esiste il fondato timore che su questa via la donna non si "realizzerà", ma potrebbe invece deformare e perdere ciò che costituisce la sua essenziale ricchezza. Si tratta di una ricchezza enorme. Nella descrizione biblica l'esclamazione del primo uomo alla vista della donna creata è un'esclamazione di ammirazione e d'incontro, che attraversa tutta la storia dell'uomo sulla terra.

Mulieris Dignitatem, 10

La perfezione della donna è essere donna

La perfezione della donna non è essere come l'uomo, di mascolinizzarsi fino a perdere le sue specifiche qualità di donna: la sua perfezione – che è anche un segreto di affermazione e di relativa autonomia – è di essere donna, uguale all'uomo ma diversa. Nella società civile e anche nella Chiesa, l'uguaglianza e la diversità della donna devono essere riconosciute.

Udienza generale, 22 giugno 1994

La donna è colei che riceve amore per amare a sua volta

Quando diciamo che la donna è colei che riceve amore per amare a sua volta, non intendiamo solo e innanzitutto lo specifico rapporto sponsale del matrimonio. Intendiamo qualcosa di più universale, fondato sul fatto stesso di essere donna nell'insieme delle relazioni interpersonali, che nei modi più diversi strutturano la convivenza e la collaborazione tra le persone, uomini e donne. In questo contesto, ampio e diversificato, la donna rappresenta un valore particolare come persona umana e, nello stesso tempo, come quella persona concreta, per il fatto della sua femminilità. Questo riguarda tutte le donne e ciascuna di esse, indipendentemente dal contesto culturale in cui ciascuna si trova e dalle sue caratteristiche spirituali, psichiche e corporali, come, ad esempio, l'età, l'istruzione, la salute, il lavoro, l'essere sposata o nubile.

Mulieris Dignitatem, 29

I ruoli della donna nella Chiesa e nella società siano improntati al rapporto di diversità e complementarietà con l'uomo

La condizione per assicurare la giusta presenza della donna nella Chiesa e nella società è una considerazione più penetrante e accurata dei fondamenti antropologici della condizione maschile e femminile, destinata a precisare l'identità personale propria della donna nel suo rapporto di diversità e di reciproca complementarietà con l'uomo, non solo per quanto riguarda i ruoli da tenere e le funzioni da svolgere, ma anche e più profondamente per quanto riguarda la sua struttura e il suo significato personale.

Christifideles Laici, 50

Le donne partecipano alla vita della Chiesa senza alcuna discriminazione

Secondo il principio enunciato dal Sinodo del 1987, e riportato dalla *Christifideles laici*, «le donne partecipano alla vita della Chiesa senza alcuna discriminazione, anche nelle consultazioni e nell'elaborazione delle decisioni». Ne consegue per le donne la possibilità di partecipare ai vari consigli pastorali diocesani e parrocchiali, come pure ai Sinodi diocesani e ai Concili particolari. Anzi, secondo la proposta del Sinodo, le donne «devono essere associate alla preparazione dei documenti pastorali e delle iniziative missionarie, e devono esser riconosciute come cooperatrici della missione della Chiesa nella famiglia, nella professione e nella comunità civile».

Udienza generale, 13 luglio 1994

La donna sia animatrice della liturgia

Un campo significativo dell'apostolato femminile nella Chiesa è quello dell'animazione della liturgia.

Udienza generale, 13 luglio 1994

Cristo non ha attribuito il sacerdozio ministeriale alla donna

In tempi abbastanza recenti è venuta affermandosi, anche in ambito cattolico, la rivendicazione da parte di alcune donne del sacerdozio ministeriale. È una rivendicazione che poggia, in realtà, su di un presupposto non sostenibile: il ministero sacerdotale non è infatti una funzione a cui si acceda in base a criteri sociologici o a procedure giuridiche, ma solo in obbedienza alla volontà di Cristo. Ora, Gesù ha affidato solo a persone di sesso maschile il compito del sacerdozio ministeriale. Pur avendo invitato anche alcune donne a seguirlo, e pur chiedendo la loro cooperazione, non ha chiamato o ammesso alcuna di loro a far parte del gruppo, al quale avrebbe affidato il sacerdozio ministeriale nella sua Chiesa (...). Solo ai Dodici Gesù dà l'autorità sul Regno (...). Solo ai Dodici conferisce la missione e il potere di rifare l'Eucaristia in suo nome (...). Solo agli apostoli, dopo la sua risurrezione, dà il potere di rimettere i peccati e di intraprendere l'opera di evangelizzazione universale (...). Se si cerca di afferrare il motivo per il quale Gesù ha riservato agli uomini l'accesso al ministero sacerdotale, lo si può scoprire nel fatto che il sacerdote rappresenta Cristo stesso nel suo rapporto con la Chiesa. Orbene, questo rapporto è di genere sponsale: Cristo è lo sposo, la Chiesa è la sposa (...). Non attribuendo il sacerdozio ministeriale alla donna, Gesù non l'ha posta in una condizione di inferiorità (...), non ha infranto l'uguaglianza della donna con l'uomo, ma piuttosto ha riconosciuto e rispettato la sua dignità. Istituendo il ministero sacerdotale per gli uomini, non ha inteso conferire loro una superiorità, ma chiamarli a un umile servizio (...). Destinando la donna a una missione corrispondente alla sua personalità, ne ha elevato la dignità e ne ha ribadito il diritto a una propria originalità anche nella Chiesa.

Udienza generale, 27 luglio 1994

La donna ha un'attitudine particolare a trasmettere la fede

La donna ha un'attitudine tutta particolare a trasmettere la fede, sicché Gesù stesso vi ha fatto appello per l'evangelizzazione. Così avviene con la Samaritana che Gesù incontra al "pozzo di Giacobbe" e sceglie per la prima espansione della nuova fede in territorio non giudaico (...). Si possono intravedere nel suo comportamento le qualità tipiche dell'apostolato femminile anche nel nostro tempo: l'umile iniziativa, il rispetto delle persone senza la pretesa di imporre un modo di vedere, l'invito a ripetere la propria esperienza, come via per giungere alla personale convinzione nella fede.

Udienza generale, 13 luglio 1994

La carità della donna ha uno stile delicato

La donna ha un cuore comprensivo, sensibile, compassionevole, che le permette di conferire uno stile delicato e concreto alla carità.

Udienza generale, 13 luglio 1994

L'esercizio della maternità spirituale è fondamentale

Accanto alla maternità che si esercita nella famiglia, esistono tante altre mirabili forme di maternità spirituale, non solo nella vita consacrata, ma anche in tutti i casi in cui vediamo donne impegnate con dedizione materna nei riguardi dei bambini orfani, malati, abbandonati; nei riguardi dei poveri, degli sventurati; nelle numerose iniziative e opere suscitate dalla carità cristiana. In questi casi si attua magnificamente il principio, fondamentale nella pastorale della Chiesa, della umanizzazione verso la società contemporanea.

Udienza generale, 20 luglio 1994

La donna non sia oggetto di sfruttamento da parte dell'uomo

Ciascun uomo deve guardare dentro di sé e vedere se colei che gli è affidata come sorella nella stessa umanità, come sposa, non sia diventata nel suo cuore oggetto di adulterio; se colei che, in vari modi, è il co-soggetto della sua esistenza nel mondo, non sia diventata per lui "oggetto": oggetto di godimento, di sfruttamento.

Mulieris Dignitatem, 14

Le donne non scendano a forme di complicità con ciò che contraddice la loro dignità

Le donne stesse hanno il dovere di contribuire a ottenere il rispetto della loro personalità, non scendendo ad alcuna forma di complicità con ciò che contraddice la loro dignità.

Udienza generale, 22 giugno 1994

La donna non sia solo, o soprattutto, oggetto di godimento

Penso che un certo femminismo contemporaneo trovi le sue radici proprio qui, nell'assenza di vero rispetto per la donna. La verità rivelata sulla donna è un'altra: il rispetto per la donna, lo stupore per il mistero della femminilità (...). Una ricca tradizione di usi e costumi (...) purtroppo oggi è sottoposta a un preoccupante degrado. Nella nostra civiltà la donna è divenuta prima di tutto oggetto di godimento. Molto significativo è, invece, che all'interno di questa realtà stia rinascendo l'autentica teologia della donna. Viene riscoperta la sua bellezza spirituale, il suo particolare genio; stanno ridefinendosi le basi per il consolidamento della sua posizione nella vita non soltanto familiare, ma anche sociale e culturale.

Varcare la soglia della speranza, pp. 237-238

Giovani

Abbiamo bisogno della gioia di vivere che hanno i giovani

Abbiamo bisogno dell'entusiasmo dei giovani. Abbiamo bisogno della gioia di vivere che hanno i giovani. In essa si riflette qualcosa della gioia originaria che Dio ebbe creando l'uomo. Proprio questa gioia i giovani sperimentano in loro stessi. È la medesima in ogni luogo, ma è anche sempre nuova, originale. I giovani la sanno esprimere in modo loro.

Varcare la soglia della speranza, p. 140

Nelle mani dei giovani ci sono grandi responsabilità

I giovani avanzano verso il futuro con la forza della loro fresca energia e lo sguardo fisso su Cristo (...). Voi giovani dovete pensare che appartenete già al terzo Millennio. Noi più anziani dobbiamo lentamente scomparire, lasciando nelle vostre mani le grandi responsabilità dell'umanità intera, dell'Europa, dell'Italia e di tutti i paesi del mondo.

Agli universitari romani, 14 dicembre 1993

La giovinezza è un bene dell'umanità

Voi, giovani, siete la giovinezza delle nazioni e della società, la giovinezza di ogni famiglia e dell'intera umanità; voi siete anche la giovinezza della Chiesa (...). La vostra giovinezza non è solo proprietà vostra (...); è un bene dell'umanità stessa. In voi c'è la speranza, perché voi appartenete al futuro, come il futuro appartiene a voi. La speranza, infatti, è sempre legata al futuro, è l'attesa dei "beni futuri" (...), attesa dei beni eterni e attesa dei beni che l'uomo si costruirà utilizzando i talenti a lui dati dalla Provvidenza (...). Siate «pronti sempre a rispondere a chiunque vi domandi ragione della speranza che è in voi».

Lettera ai giovani, 31 marzo 1985

Varcare la soglia della speranza

È cosa molto importante varcare la soglia della speranza, non fermarsi davanti a essa, ma lasciarsi condurre.

Varcare la soglia della speranza, p. 245

Un giovane senza gioia e senza speranza non è un autentico giovane

Un giovane senza gioia e senza speranza non è un autentico giovane, ma un uomo appassito e invecchiato anzi tempo. Per questo il Papa vi dice: «Portate, comunicate, irradiate la gioia e la speranza».

Udienza generale, 22 novembre 1978

I giovani hanno una particolare disposizione ad accogliere la verità

C'è sempre una speciale attrattiva in voi giovani, per quella vostra istintiva bontà non contaminata dal male, e per la vostra particolare disposizione ad accogliere la verità, e a praticarla. E poiché Dio è verità, voi, amando e accogliendo la verità, siete i più vicini al Cielo.

Udienza generale, 13 dicembre 1978

Essere giovani significa una continua ricerca di bene

Essere giovani significa vivere in sé un'incessante novità di spirito, alimentare una continua ricerca di bene, sprigionare un impulso a trasformarsi sempre in meglio, realizzare una perseverante volontà di donazione.

Udienza generale, 15 novembre 1978

I giovani cerchino, amino e testimonino Gesù

Contemplandovi, penso con trepidazione e con fiducia a ciò che vi attende nella vita e a ciò che sarete nel mondo di domani, e desidero lasciarvi, come viatico per la vostra vita, tre pensieri: cercate Gesù - amate Gesù - testimoniate Gesù.

Udienza generale, 8 novembre 1978

Cristo è l'unico amico che non delude

Occorre anche che i giovani conoscano la Chiesa, che scorgano in essa Cristo, il quale cammina attraverso i secoli con ogni generazione, con ogni uomo. Cammina con ciascuno come con un amico. Importante nella vita di un giovane è il giorno, in cui si convince che questo è l'unico amico a non deludere, sul quale può sempre contare.

Varcare la soglia della speranza, p. 140

Cristo aspetta i giovani a braccia aperte

Giovani, dico a voi, Cristo vi aspetta a braccia aperte; Cristo conta su di voi per costruire la giustizia e la pace, per diffondere l'amore.

Ai cardinali e alla Curia romana per gli auguri natalizi,
22 dicembre 1980

Ai giovani Gesù propone la fatica dell'ascesa ma assicura l'aria pura della verità, della bontà e dell'amore

Mi avete chiesto: quante strade deve percorrere un uomo per potersi riconoscere uomo? Vi rispondo: una! Una sola è la strada dell'uomo, e questa è Cristo, che ha detto «Io sono la via». Egli è la strada della verità, la via della vita. Vi dico perciò: ai crocicchi, in cui si intersecano i tanti sentieri delle vostre giornate, interrogatevi sul valore di verità di ogni vostra scelta (...). Gesù vi propone una strada in salita, che è fatica percorrere, ma che consente all'occhio del cuore di spaziare su orizzonti sempre più vasti. A voi la scelta: lasciarvi scivolare in basso verso le valli di un piatto conformismo o affrontare la fatica dell'ascesa verso le vette, su cui si respira l'aria pura della verità, della bontà, dell'amore.

Al Congresso eucaristico nazionale, Bologna, 27 settembre 1997

Dare il giusto posto alla componente religiosa è prepararsi alla vita con serietà e impegno

Preparatevi alla vita con serietà e con impegno. In questo momento della giovinezza, così importante per la piena maturazione della vostra personalità, sappiate dare sempre il giusto posto alla componente religiosa della vostra formazione, quella che fa raggiungere all'uomo la sua piena dignità, che è quella di essere figli di Dio.

Udienza generale, 6 dicembre 1978

I giovani possono trovare nella loro coscienza il codice dei valori autentici

Giovani amici, la vostra realizzazione non sta nelle cose fuori di voi, nei beni esterni, per quanto affluenti e raffinati essi siano. Naturalmente ci vuole una certa misura di questi beni che sono creati per l'uomo, che devono servire l'uomo. Ma l'uomo deve rimanere il loro padrone. Deve servirsi di loro (...). Ecco la vera dimensione dell'uomo. L'uomo è capace di entrare in se stesso. L'uomo è l'unica creatura in questo mondo che porta in sé una interiorità, una coscienza, una responsabilità. Tutto questo significa la dimensione spirituale dell'uomo. Interrogate la vostra coscienza. In essa Dio ha scritto il codice dei valori autentici, in base ai quali è possibile costruire in voi un vero uomo, una vera donna.

In piazza Santa Croce, Firenze, 19 ottobre 1986

I giovani sappiano dialogare per annunciare la parola di Dio

Andate in tutto il mondo (...). Fate conoscere il Vangelo di Gesù agli altri giovani (...) che abitualmente non frequentano i vostri gruppi (...). Non abbiate paura di perdervi: più donerete e più ritroverete voi stessi! (...) Dialogate, per annunciare la parola di Dio. Il dialogo sia il metodo della missione. Dialogo che esige anzitutto l'incontro sul piano dei rapporti personali (...). Dialogo che esige l'incontro sul piano della ricerca della verità; ed ancora, sul piano dell'azione, tende a stabilire le condizioni per una collaborazione in vista di obiettivi concreti di servizio al prossimo. Dialogo che richiede al cristiano una forte coscienza di verità, un avere ben chiaro che siamo testimoni di Cristo via, verità e vita.

Discorso ai giovani nella Basilica Vaticana, 20 marzo 1997

"Essere grandi" significa "servire"

I giovani devono sapere convincersi che "essere grandi" significa "servire". Il Regno di Dio si realizza attraverso il servizio; non agisce con il criterio degli uomini mediante il potere, la forza e il denaro. Chiede a ciascuno di noi la totale disponibilità a seguire Cristo, il quale «non è venuto per essere servito, ma per servire».

A Santiago di Compostela, nella Giornata mondiale della gioventù, 20 agosto 1989

I giovani si sentano personalmente impegnati al servizio della vita e della pace

Sentitevi personalmente impegnati al servizio della vita e della pace. Le vittime, i combattenti e i martiri del secondo conflitto mondiale erano in gran parte giovani come voi. Per questo chiedo a voi, giovani del 2000, di vigilare attentamente di fronte all'insorgere della cultura dell'odio e della morte (...). A voi è affidata la missione di aprire nuove vie di fratellanza tra i popoli, per costruire un'unica famiglia umana, approfondendo «la legge della reciprocità del dare e del ricevere, del dono di sé e dell'accoglienza dell'altro».

In occasione del 50° anniversario della fine in Europa della seconda guerra mondiale, 8 maggio 1995

I giovani siano costruttori della civiltà dell'amore

Giovani, sappiate "contagiare" santamente col vostro entusiasmo e con la vostra sensibilità i vostri coetanei, in cerca di genuine testimonianze di verità, di pace e di valori evangelici. Siate ovunque generosi costruttori della civiltà dell'amore: in famiglia, nella scuola, nella stessa comunità cristiana (...): diverrete gli autentici protagonisti del futuro.

Angelus Domini, Siracusa, 6 novembre 1994

L'impoverimento dell'amore vero è la causa delle più gravi insidie tra i giovani

L'amore è la forza costruttiva di ogni positivo cammino per l'umanità. L'avvenire non coglie speranza dalla violenza, dall'odio, dall'invadenza degli egoismi individuali e collettivi. Privato dell'amore, l'uomo è vittima di una insidiosa spirale che riduce sempre più gli orizzonti della speranza (...). La prospettiva egocentrica, a causa dell'impoverimento dell'amore vero, sviluppa le più gravi insidie presenti oggi nel mondo dei giovani. Mancanza di amore è cedere all'indifferenza e allo scetticismo; mancanza di amore è diventare schiavi della droga e della disordinata sessualità; mancanza di amore è abbandonarsi ad organizzazioni fondate sulla violenza che operano nella illegalità e nella prepotenza.

Ai giovani nello stadio comunale di Foggia, 24 maggio 1987

È la solidarietà che salverà il futuro dei giovani

È la solidarietà che salverà il futuro dei giovani, il salire in cordata. Vi salverà la lotta coraggiosa, tenace contro l'individualismo e la logica dell'accaparramento. È la solidarietà che salverà il futuro del mondo e dell'umanità (...). Anche quando si tratta di impegnarsi per un futuro di occupazione la più ampia possibile, sarà la limitazione delle proprie ambizioni, l'attenzione all'altro, alla sua dignità e al suo diritto: sarà, in una parola, l'amore a fondare quella possibilità (...). Non la repressione di alcunché di umanamente valido, ma l'avvio di un corso più umano del convivere.

Angelus Domini, Perugia, 26 ottobre 1986

Quale deve essere la "virtù" dei giovani

Cari giovani, credenti o non credenti, accogliete l'appello ad essere virtuosi. Ciò vuol dire che dovete essere forti dentro, grandi di animo, ricchi dei sentimenti migliori, coraggiosi nella verità, audaci nella libertà, costanti nella responsabilità, generosi nell'amore, invincibili nella speranza. La felicità si ottiene a partire dal sacrificio. Non cercate al di fuori ciò che potete trovare dentro di voi. Non aspettatevi dagli altri ciò di cui siete capaci e che siete chiamati ad essere e a fare. Non rimandate a domani la costruzione di una società nuova, dove i sogni più nobili non siano frustrati e dove voi possiate essere i protagonisti della vostra storia.

Alla celebrazione eucaristica di Camagüey, Cuba, 23 gennaio 1998

Anziani ed emarginati

L'anzianità è un coronamento delle tappe della vita

L'anzianità è un coronamento delle tappe della vita. Essa porta il raccolto di ciò che si è appreso e vissuto, il raccolto di quanto si è operato e raggiunto, il raccolto di quanto si è sofferto e sopportato. Come al finale di una grande sinfonia ritornano i temi dominanti della vita per una potente sintesi sonora. E questa risonanza conclusiva conferisce saggezza, bontà, pazienza, comprensione: amore.

Nella cattedrale di Monaco di Baviera, 19 novembre 1980

L'ingresso nella terza età è da considerare un privilegio

L'ingresso nella terza età è da considerare un privilegio: non solo perché non tutti hanno la fortuna di raggiungere questo traguardo, ma anche e soprattutto perché questo è il periodo delle possibilità concrete di riconsiderare meglio il passato, di conoscere e di vivere più profondamente il mistero pasquale, di divenire esempio nella Chiesa a tutto il popolo di Dio (...). Nessuno ha il diritto di dire basta. Voi non dovete fermarvi, né considerarvi esseri in declino.

Ai gruppi della terza età, Roma, 23 marzo 1984

C'è un carisma speciale connesso all'anziano

Anche la vecchiaia è un dono per cui si è chiamati a rendere grazie: un dono per l'anziano stesso, un dono per la società e per la Chiesa. La vita è sempre un dono grande. E anzi, per i fedeli seguaci di Cristo, si può parlare di un carisma speciale connesso all'anziano per utilizzare in modo appropriato i suoi talenti e le sue forze fisiche, per la propria gioia e per il bene altrui.

Udienza generale, 7 settembre 1994

L'emarginazione e il rifiuto degli anziani sono intollerabili

Mentre in alcune culture la persona più avanzata in età rimane inserita nella famiglia con un ruolo attivo importante, in altre culture invece chi è vecchio è sentito come un peso inutile e viene abbandonato a se stesso: in simile contesto può sorgere più facilmente la tentazione di ricorrere all'eutanasia. L'emarginazione o addirittura il rifiuto degli anziani sono intollerabili. La loro presenza in famiglia, o almeno la vicinanza ad essi della famiglia quando per la ristrettezza degli spazi abitativi o per altri motivi tale presenza non fosse possibile, sono di fondamentale importanza nel creare un clima di reciproco scambio e di arricchente comunicazione fra le varie età della vita.

Evangelium Vitae, 94

Gli anziani hanno diritto alla comprensione e gratitudine dei loro familiari

Queste persone qualche volta sono abbandonate. Soffrono a causa della loro anzianità. Soffrono anche a causa dei diversi disturbi, che l'età avanzata porta con sé. Però, la loro più grande sofferenza è quando non trovano la dovuta comprensione e gratitudine da parte di quelli, dai quali hanno diritto di aspettarla (...). Proprio ai più anziani dobbiamo guardare con rispetto ("onora"); a loro devono le famiglie la propria esistenza, l'educazione, il mantenimento, che spesso sono stati pagati con duro lavoro e con molta sofferenza. Non possono essere trattati come se fossero ormai inutili. Anche se qualche volta mancano ad essi le forze per poter svolgere le azioni più semplici, hanno però l'esperienza della vita e la saggezza, che molto spesso mancano ai giovani.

Angelus Domini, 31 dicembre 1978

L'anziano deve poter restare nella sua casa

Occorre creare strutture di accoglienza che tengano sempre maggiormente conto delle esigenze psicologiche e spirituali dell'essere umano, dalle quali dipende in misura determinante la "qualità della vita" di chi è giunto a tale stadio. Ciò potrà offrire una soluzione "umana" all'anziano che non abbia una propria famiglia su cui far conto o che non sia in grado di autogestirsi o che, comunque, liberamente desideri avvalersi di una di tali strutture (...). Bisogna tuttavia affermare con forza che non è quella la soluzione ideale. L'obiettivo verso cui ci si deve orientare è che l'anziano possa restare nella sua casa, contando eventualmente su adeguate forme di assistenza domiciliare. In ciò, all'impegno potrà affiancarsi l'azione del volontariato.

Alla conferenza internazionale su *Longevità e qualità della vita*,
Roma, 10 novembre 1988

I figli hanno l'obbligo di assistere i genitori anziani

È importante che si conservi, o si ristabilisca dove è andato smarrito, una sorta di "patto" tra le generazioni, così che i genitori anziani, giunti al termine del loro cammino, possano trovare nei figli l'accoglienza e la solidarietà che essi hanno avuto nei loro confronti quando si affacciavano alla vita: lo esige l'obbedienza al comando divino di onorare il padre e la madre.

Evangelium Vitae, 94

Occorre favorire l'attuazione di un invecchiamento attivo

Il problema degli anziani è uno dei grandi problemi della società in quanto tale. Non è solo una questione di assistenza, di beneficenza e di servizio. Occorre favorire l'attuazione di un invecchiamento attivo. Il problema primario è la valorizzazione delle persone. Bisogna far sì che la ricchezza umana e spirituale, le riserve di esperienza e di consiglio accumulate nel corso di una vita intera non vadano disperse, ma siano incanalate a beneficio delle generazioni più giovani. Per raggiungere lo scopo è necessario anzitutto che l'anziano stesso prenda coscienza delle possibilità che ha a sua disposizione, perché anche nell'età più avanzata il suo animo continui ad affinarsi.

Ai gruppi della terza età, Roma, 23 marzo 1984

Nella terza età si può ringiovanire lo spirito

Non poche persone si avvicinano a Dio particolarmente nella cosiddetta "terza età" e proprio in quel tempo possono essere aiutate a ringiovanire il loro spirito sulle vie della riflessione e della vita sacramentale. L'esperienza accumulata nel corso degli anni porta l'anziano a capire i limiti delle cose del mondo e a sentire un bisogno più profondo della presenza di Dio nella vita terrena. Le delusioni provate in alcune circostanze gli hanno insegnato a porre la propria fiducia in Dio.

Udienza generale, 7 settembre 1994

Il proprio ruolo nella Chiesa non conosce soste dovute all'età

L'aumentato numero di persone anziane in diversi paesi del mondo e la cessazione anticipata dell'attività professionale e lavorativa aprono uno spazio nuovo al compito apostolico degli anziani: è un compito da assumersi superando con decisione la tentazione di rifugiarsi nostalgicamente in un passato che non ritorna più o di rifuggire da un impegno presente per le difficoltà incontrate in un mondo dalle continue novità; e prendendo sempre più chiara coscienza che il proprio ruolo nella Chiesa e nella società non conosce affatto soste dovute all'età, bensì conosce solo modi nuovi. Come dice il salmista: «Nella vecchiaia daranno ancora frutti, saranno vegeti e rigogliosi, per annunziare quanto è retto il Signore».

Christifideles Laici, 48

Gli anziani possono giovare al mondo con l'orazione e la sofferenza

Il mondo per salvarsi ha bisogno di orazione e di sofferenza. Voi potete aiutarlo (...). Per la particolare condizione di età in cui vi trovate, a voi non mancano né le occasioni di soffrire né il tempo di pregare.

Ai gruppi della terza età, Roma, 23 marzo 1984

L'invecchiamento è un progressivo prendere congedo dalla vita e dal mondo

L'ultima consolazione, che noi insieme cerchiamo, miei cari compagni di viaggio "in questa valle di lacrime", è la consolazione di fronte alla morte.

Già dal momento della nostra nascita le andiamo incontro, ma con l'età la sua vicinanza ci viene di anno in anno più cosciente – a meno che non la rimoviamo forzatamente dai nostri pensieri e dai nostri sentimenti. Il Creatore ha così predisposto che con l'età si sia quasi naturalmente preparati, facilitati e introdotti all'esistenza e all'accettazione della morte. L'invecchiamento è, dunque, un progessivo prendere congedo dalla non interrotta pienezza della vita e dal non impedito contatto con il mondo.

Incontro con gli anziani a Monaco di Baviera,
19 novembre 1980

Dio può diventare partner di chi ha perduto il compagno o la compagna di vita

Molti tra voi, mie care sorelle e cari fratelli, hanno perso la vicinanza visibile dei loro compagni di vita. Valga per voi la mia preghiera pastorale: lasciate che sempre più coscientemente Dio divenga partner della vostra vita, e allora sarete nello stesso tempo uniti con colui che Egli vi ha dato un giorno come compagno di viaggio e che lui stesso ha ora trovato in Dio la sua metà.

Incontro con gli anziani a Monaco di Baviera, 19 novembre 1980

Esistono anche le sofferenze

Esiste anche la sofferenza dell'anima, quella che vivono i segregati, i perseguitati, i detenuti per crimini diversi o per motivi di coscienza, per le loro idee pacifiche, ma non condivise. Questi ultimi subiscono l'isolamento e una pena alla quale la loro coscienza non li condanna, mentre desiderano integrarsi nella vita attiva con spazi in cui possano esprimere e proporre le proprie opinioni con rispetto e tolleranza. Incoraggio a promuovere gli sforzi in vista del reinserimento sociale della popolazione penitenziaria. È un gesto di grande umanità e un seme di riconciliazione che fa onore all'autorità che lo promuove e al contempo rafforza la convivenza pacifica nel paese.

Discorso nel santuario di San Lazzaro, La Habana, Cuba, 24 gennaio 1998

Capire e amare chi sconta una pena

Coloro che scontano una pena – nonostante tutto ciò che può essere avvenuto – (e non di rado si trattava di persone più sfortunate che colpevoli), devono essere capiti e amati come fratelli. Di qui si comprende il valore e lo stimolo della parola di Gesù: «Ero carcerato e siete venuti a visitarmi... Ogni volta che avete fatto queste cose ad uno solo di questi miei fratelli più piccoli, l'avete fatto a me». La fede cristiana fa scaturire in ogni luogo sorgenti di grazia divina, e trasforma ciò che prima era colpa e pena in possibilità di merito e di salvezza (...). Qualunque colpa sia stata commessa, se si è veramente pentiti, e si ha il proposito di non più trasgredire la volontà di Dio, Egli perdona, cancella ogni peccato, ridona la sua grazia e la sua amicizia (...). La più grande e preziosa consolazione è la certezza dell'amicizia di Colui che ci ha creati per amore e che non abbandona nessuno.

Ai carcerati di Civitavecchia, 19 marzo 1987

Dare ragioni nuove di speranza ai malati di AIDS

Di fronte alla vita in condizioni di disagio, di devianza, di malattia e di marginalità, altri strumenti – come le comunità di recupero per tossicodipendenti, le comunità-alloggio per i minori o per i malati mentali, i centri di cura e accoglienza per i malati di AIDS, le cooperative di solidarietà soprattutto per i disabili – sono espressione eloquente di ciò che la carità sa inventare per dare a ciascuno ragioni nuove di speranza e possibilità concrete di vita.

Evangelium Vitae, 98

Gli ammalati di AIDS possono offrire qualcosa di molto significativo alla comunità

Mi rivolgo, anzitutto, con accorata sollecitudine, ai malati di AIDS. Fratelli in Cristo, che conoscete tutta l'asprezza della vita della croce, non sentitevi soli. Con voi è la Chiesa (...) per sostenervi nel vostro difficile cammino. Essa molto riceve dalla vostra sofferenza, affrontata nella fede; a voi essa è vicina col conforto della solidarietà operosa dei suoi membri, affinché non smarriate mai la speranza. Non dimenticate l'invito di Gesù: «Venite a me tutti voi che siete affaticati e oppressi e io vi ristorerò». Con voi, carissimi, sono gli uomini della scienza, che si adoperano instancabilmente per contenere e debellare questa grave infermità; con voi sono quanti (...) intendono seguirvi con ogni premura e mezzo. Voi potete offrire, a vostra volta, qualcosa di molto significativo alla comunità (...). Lo sforzo che voi fate per dare un significato alla vostra sofferenza è per tutti un prezioso richiamo ai valori più alti della vita e un aiuto forse determinante per quanti siano tentati dalla disperazione. Non chiudetevi in voi stessi, ma cercate ed accettate il sostegno dei fratelli.

Alla Conferenza internazionale per la pastorale degli operatori sanitari, Roma, 15 novembre 1989

La condizione umana degli ammalati di AIDS suscita una forma particolare di solidarietà

L'AIDS non riguarda solo il corpo ma tutta la persona umana, come anche le relazioni interpersonali e la vita sociale (...). La Chiesa, che ha ricevuto dal suo fondatore Gesù Cristo il compito di rapporti privilegiati e attenti con coloro che soffrono, in ogni tempo, non è oggi indifferente alla condizione di questa nuova categoria di malati. Essi inoltre devono essere considerati come dei fratelli e delle sorelle, la cui condizione umana suscita una forma particolare di solidarietà e di aiuto.

Per la prima Giornata mondiale sull'AIDS, 18 novembre 1988

Sofferenza, malattia e salute

Il dolore non è un castigo

Quando noi cristiani facciamo l'esperienza del dolore, dobbiamo stare attenti a dargli il giusto significato. Esso non è un castigo, ma un'occasione di purificazione dei nostri peccati; in particolare è finalizzato al bene degli uomini nostri fratelli: come per Gesù, che ha dato se stesso in riscatto per tutti (...). Con Gesù Cristo davanti a noi, camminiamo più spediti, poiché egli dà senso e slancio a ogni nostro patimento.

Nell'ospedale dell'Annunziata a Siena, 14 settembre 1980

Cristo ha riscattato e redento il dolore

Ricordate la massima ascetica: «Per crucem ad lucem», cioè: attraverso le sofferenze della croce si giunge alla beatitudine della luce. Sappiate che Cristo con la sua risurrezione ha riscattato e redento il dolore, il quale ha così acquistato la sua dignità, essendo stato chiamato ad uscire dalla sua inutilità e a diventare fonte positiva di bene e segno luminoso di speranza non fallace.

Udienza generale, 18 aprile 1979

Chi soffre completa nella sua carne i patimenti di Cristo

Voi, cari malati, avete un posto importante nella Chiesa, se sapete interpretare la vostra situazione difficile alla luce della fede e se, in questa luce, sapete vivere la vostra malattia con cuore generoso e forte. Ognuno di voi, può allora affermare con san Paolo: «Completo nella mia carne quello che manca ai patimenti di Cristo a favore del suo corpo che è la Chiesa».

Udienza generale, 15 novembre 1978

La fede in Cristo non toglie la sofferenza, ma la rende valida per l'eternità

Gesù è prima di tutto il sostegno della nostra sofferenza. La sofferenza è una realtà terribilmente vera e talvolta perfino atroce e straziante (...). È anche una realtà misteriosa e sconvolgente (...). La fede in Cristo non toglie la sofferenza, ma la illumina, la eleva, la purifica, la sublima, la rende valida per l'eternità.

Al pellegrinaggio di Napoli, 24 marzo 1979

Chi soffre con Cristo sarà glorificato con Cristo

Date un valore superiore al vostro dolore, santificatelo con le vostre sofferenze, abbandonandovi con fiducia a colui che misteriosamente vi prova, perché sappiate soffrire insieme con lui per essere con lui glorificati.

Udienza generale, 20 dicembre 1978

Il dolore è il tramite del recupero e della piena realizzazione dell'uomo

Avendolo assunto su di sé, Gesù ha cambiato radicalmente il senso e il valore del dolore. Esso non è più soltanto il segno della fragilità e dell'insufficienza dell'uomo, ma è diventato il tramite del suo recupero e della sua piena realizzazione. Col sacrificio dell'uomo-Dio si è compiuta la redenzione dell'umanità: egli ha sofferto al posto dell'uomo e per l'uomo. Così, il dolore fisico e morale, inserito in quello di Cristo, ha il potere di trasformarci in uomini nuovi (...). In chi sa accoglierlo con spirito di fede soffrendo insieme con Cristo, il dolore diventa partecipazione alla sua passione redentrice e collaborazione all'opera di salvezza a beneficio di tutti (...). Il sofferente stesso si trasforma in buon samaritano. Colui che ha bisogno di aiuto si pone in condizione di offrirne agli altri e al mondo intero.

Agli ammalati della casa di cura "Salvator Mundi" di Roma, 20 marzo 1988

La sofferenza fisica e morale è una chiamata a rinascere

L'amore autentico non è possibile se non attraverso il dolore. È una logica superiore, soprannaturale, divina, che vale sempre, ma specialmente per la vita spirituale (...). La sofferenza fisica o morale, che sopraggiunge talvolta improvvisamente, è una chiamata, un invito, una esortazione pressante a migliorare, a cambiare vita, a rinascere, a convertirsi. Nulla avviene per caso.

Agli ammalati del Centro Traumatologico Ortopedico di Roma, 23 marzo 1985

La guarigione può essere concessa da Dio se è utile al bene dell'ammalato

Invito voi malati a guardare sempre con fede e con speranza al Redentore degli uomini. La misericordia divina saprà accogliere le vostre preghiere e le vostre suppliche per guarirvi dai mali che vi affliggono, se ciò sarà gradito al Padre e utile al vostro bene. Egli asciugherà sempre le vostre lacrime, se saprete guardare alla sua croce e anticipare nella speranza la ricompensa di queste sofferenze. Abbiate fiducia. Egli non vi abbandonerà.

Agli ammalati dell'Instituto nacional do Câncer di Rio de Janeiro, Brasile, 4 ottobre 1997

La sofferenza è una ricchezza incommensurabile per il mondo

Quante volte nella vostra infermità vi siete forse sentiti inutili, di peso ai vostri cari; avete provato la umiliazione, così intimamente umana, di dover avere in tutto bisogno degli altri, di essere quasi alla mercé degli altri. Guardate Gesù nella grotta di Betlemme, il quale vi assicura che è il mondo ad aver bisogno della ricchezza incommensurabile della vostra sofferenza per la sua purificazione e per la sua crescita. Coraggio! Dio vi ama, perché vede in voi l'immagine del suo figlio sofferente sulla terra! I vostri cari vi amano, perché siete sangue del loro sangue! La Chiesa vi ama, perché arricchite il tesoro della comunione dei santi!

Udienza generale, 27 dicembre 1978

Il dolore invita all'amore

Il dolore invita all'amore, ossia deve generare solidarietà, dedizione, generosità in quanti soffrono e in quanti si sentono chiamati ad assisterli e ad aiutarli nelle loro sofferenze (...). Tutto ciò si riferisce alle sofferenze fisiche, ma vale ancora di più per le molteplici sofferenze morali e dell'anima (...). Un segno eloquente della volontà d'amore dinanzi al dolore e alla morte, al carcere e alla solitudine, alle separazioni familiari forzate o all'emigrazione che divide le famiglie, deve essere il fatto che ogni organismo sociale, ogni istituzione pubblica, così come tutte le persone che hanno responsabilità nel campo della sanità, della sollecitudine verso i bisognosi e della rieducazione dei detenuti, rispettino e facciano rispettare i diritti dei malati, degli emarginati, dei reclusi e dei loro familiari, in definitiva, i diritti di ogni uomo che soffre.

Discorso nel santuario di San Lazzaro, La Habana,
Cuba, 24 gennaio 1998

I malati sono segni viventi della presenza di Dio

I malati, i sofferenti e i bisognosi che sono talora per alcuni motivo di disturbo, e quasi di ostacolo, diventano per chi ha fede le persone più care, perché segni viventi della presenza di Dio. Fare posto all'altro, esercitare il carisma dell'ospitalità significherà, in certo qual senso, far posto al Cristo e farlo vivere con voi e in voi.

Al capitolo generale dell'ordine ospedaliero di San Giovanni di Dio, Roma, 25 novembre 1988

Non basta commuoversi, bisogna anche portare aiuto a chi soffre

La parabola del buon samaritano appartiene al Vangelo della sofferenza. Essa indica, infatti, quale debba essere il rapporto di ciascuno di noi verso il prossimo sofferente. Non è lecito "passare oltre" con indifferenza, ma dobbiamo "fermarci" accanto a lui (...). Buon samaritano è ogni uomo sensibile alla sofferenza altrui, l'uomo che "si commuove" per la disgrazia del prossimo (...). Il buon samaritano (...) non si ferma alla sola commozione e compassione. Queste diventano per lui uno stimolo alle azioni che mirano a portare aiuto all'uomo ferito. Buon samaritano è, dunque, in definitiva colui che porta aiuto nella sofferenza, di qualunque natura essa sia.

Salvifici Doloris, 28

Ciascun malato merita da noi un'attenzione fraterna

Ascoltare ciascun malato con attenzione fraterna, partecipare alle sue ansie e ai suoi dolori che lo affliggono, asciugare ogni lacrima, sostare accanto a ogni morente col desiderio di cogliere l'ultimo sentimento e l'ultimo respiro, anche quando la scienza ha rinunciato a sperare nei suoi mezzi di soccorso.

Ai Camilliani, Roma, 8 febbraio 1987

Il medico è collaboratore di Dio

Servitore della vita, il medico è il servitore di quel Dio che nella Scrittura è presentato come «amico della vita». Egli è collaboratore di Dio rendendo la salute al corpo malato (...). I medici sono dei testimoni credibili nella misura in cui si mettono con entusiasmo al servizio della salute senza ignorare la sua dimensione morale e spirituale (...). Chi meglio dei medici, e più di loro, permette di capire la beatitudine evangelica «Beati gli afflitti»? Quando essi alleggeriscono le sofferenze e cercano di guarirle, sono nello stesso tempo i testimoni di una concezione cristiana della sofferenza e del senso della vita e della morte.

Al congresso della Federazione internazionale delle associazioni mediche cattoliche a Porto, Portogallo, 6 settembre 1994

Chi soffre e chi assiste i sofferenti condivide una specialissima particella del tesoro della Redenzione

Soffrire ed essere accanto a chi soffre: chi vive nella fede queste due situazioni entra in particolare contatto con le sofferenze di Cristo ed è ammesso a condividere «una specialissima particella dell'infinito tesoro della Redenzione del mondo».

Per la Giornata mondiale del malato a Guadalupe, Messico, 11 ottobre 1995

Il servizio ai malati è un'attività eminentemente evangelica

Il servizio ai malati, indirizzato alla difesa, alla ricostituzione e allo sviluppo della dimensione psico-fisica della persona umana, è non solo un'opera umanitaria e sociale, ma soprattutto un'attività eminentemente evangelica, al punto da non potersi scindere dalla prassi della vita cristiana.

Agli ammalati della casa di cura "Salvator Mundi" di Roma, 20 marzo 1988

Curare il dolore umano è impegno che si avvicina alla vocazione del sacerdote

Assistere, curare, confortare, guarire il dolore umano, è impegno che per nobiltà, per utilità, per idealità si avvicina da presso alla vocazione stessa del sacerdote. Tanto nell'uno quanto nell'altro ufficio, infatti, trova più immediata ed evidente manifestazione il supremo comandamento dell'amore del prossimo, un amore chiamato non raramente ad attuarsi anche in forme che attingono il vero e proprio eroismo.

Ai medici cattolici, Roma, 28 dicembre 1978

Il servizio all'ammalato è una via di santificazione

È nella prospettiva della fede che la malattia assume una nobiltà superiore (...). Con la loro offerta, i malati e gli infermi santificano se stessi e contribuiscono alla santificazione degli altri. Ciò vale, in particolare, per coloro che si dedicano al servizio dei malati e degli infermi. Tale servizio è una via di santificazione come la stessa malattia. Nel corso dei secoli, è stato una manifestazione della carità di Cristo, che è la fonte della santità. È un servizio che richiede dedizione, pazienza e delicatezza, unite a una grande capacità di compassione e di comprensione, tanto più che, oltre alla cura sotto l'aspetto strettamente sanitario, occorre portare ai malati anche il conforto morale, come suggerisce Gesù: «Ero malato e mi avete visitato».

Udienza generale, 15 giugno 1994

L'azione dei medici sia guidata dalla passione e dall'umanità

Il vostro incontro di uomini e donne di scienza e di prassi è sempre con la persona umana, che consegna nelle vostre mani il suo corpo, fidando nella vostra competenza, oltre che nella vostra sollecitudine e premura (...). Il vostro impegno sia pari alla fiducia riposta in voi. A questa fiducia, infatti, siete chiamati a rispondere attraverso l'ascolto del paziente, la diagnosi non soltanto della sua infermità specifica, ma della sua condizione psicologica, delle sue attese, delle sue capacità di collaborare con voi. Consapevoli di essere cercati con speranza da coloro che soffrono, andate incontro alla loro domanda di vita e di migliore qualità con quella passione e quella *humanitas* che, in ogni tempo, hanno sempre accompagnato la figura e l'attività del medico.

Al congresso nazionale della Società italiana di chirurgia, 18 ottobre 1994

Gli operatori sanitari facciano in modo che chi si trova nella prova non si senta emarginato

Voi, operatori sanitari – medici, infermieri, cappellani, religiosi e religiose, amministratori e volontari –, e particolarmente voi donne, pioniere del servizio sanitario e spirituale agli infermi, fatevi tutti promotori e promotrici di comunione tra gli ammalati, tra i loro familiari e nella comunità ecclesiale. Siate accanto agli infermi e alle loro famiglie facendo sì che quanti si trovano nella prova non si sentano mai emarginati. L'esperienza del dolore diventerà così per ciascuno scuola di generosa dedizione.

Per la Giornata mondiale del malato a Guadalupe, Messico, 11 ottobre 1995

Il rapporto malato-medico sia un autentico incontro tra una fiducia e una coscienza

Il rapporto malato-medico deve diventare sempre più «un autentico incontro tra due uomini liberi... tra una fiducia e una coscienza». I traguardi da raggiungere in questo campo vi potranno essere suggeriti proprio dalla giustizia e carità cristiane, ispirate al modello di Cristo, medico dei corpi oltre che delle anime. È la carità che conduce all'amicizia, alla condivisione, alla vicinanza interiore con le ansie, i timori, le speranze del sofferente. Essa, la carità, renderà sempre più sensibile il vostro cuore ai valori personali del degente.

A un convegno di chirurgia, Roma, 19 febbraio 1987

L'ammalato ha bisogno anche di calore umano e di sostegno per lo spirito

La vostra vocazione medica vi appassiona, perché voi sapete che il malato è il motivo primo dei vostri studi e del vostro lavoro. Ogni relazione con lui, infatti, si fonda su una reciproca confidenza e su un'ampia fiducia che investe la vostra persona. Egli vi chiede solidarietà, come un fratello che non è solo recettore di cure, ma bisognoso di calore umano e di sostegno per lo spirito. Nello stesso tempo tutti sappiamo che anche il malato può condurre effettivamente chi lo assiste verso una più profonda ricchezza umana e spirituale, poiché egli consente a coloro che lo avvicinano di maturare e di crescere nella virtù di essere uomini, capaci di carità e di generosità.

All'ospedale di Nancy, Francia, 16 marzo 1986

Quando la sanità è considerata in termini di lucro, la dignità della persona umana è calpestata

I successi ottenuti nel debellare le malattie ed alleviare le sofferenze non possono far dimenticare le tante situazioni, in cui sono misconosciute e calpestate la centralità e la dignità della persona umana, come accade quando la sanità è considerata in termini di lucro e non di servizio solidale e quando la famiglia è lasciata sola.

Per la Giornata mondiale del malato, 29 giugno 1997

Vita e morte

La vita ha senso se vissuta come prova di carattere etico

La vita ha il suo senso quando viene considerata e vissuta come una prova di carattere etico. Cristo conferma questo senso, e nello stesso tempo definisce l'adeguata dimensione di questa prova che è la vita umana (...). Il concetto della prova si collega strettamente con il concetto della responsabilità. Ambedue sono indirizzati alla nostra volontà, ai nostri atti.

Agli universitari romani, 5 aprile 1979

Non rinunciamo alla grande avventura di cercare la verità della vita

Il nostro tema è la vita e la vita è piena di mistero. La scienza e la tecnica hanno fatto progressi enormi per scoprire i segreti della nostra vita naturale, ma un esame superficiale della nostra esperienza personale indica che ci sono molte altre dimensioni per la nostra esistenza individuale e collettiva su questo pianeta. Il nostro cuore inquieto cerca al di là dei nostri limiti, ai confini della nostra capacità di pensare e di amare (...). Il nostro sguardo interiore si distende verso l'orizzonte illimitato delle nostre speranze ed aspirazioni. E in mezzo a tutte le contraddizioni della vita cerchiamo il vero significato della vita. Ci meravigliamo e ci domandiamo:

perché? Perché sono qui? Perché esisto? Cosa devo fare? (...). Smettere di porsi queste domande significa rinunciare alla grande avventura di cercare la verità della vita.

Nella Giornata mondiale della gioventù,
Denver, USA, 14 agosto 1993

L'uomo è un "invitato" da Dio per tutta la durata della sua vita

L'uomo è un "invitato" da Dio. Egli non è soltanto chiamato all'esistenza, come tutte le altre creature del mondo visibile, ma è invitato dal primo momento della sua esistenza e per tutta la durata della sua vita terrena; è invitato ad un "banchetto", cioè all'intimità e alla comunione con Dio stesso, oltre la misura di questa esistenza terrena (...). Ognuno di noi è invitato in Gesù Cristo (...). L'uomo, accettando di fatto di essere "invitato", ritrova la piena verità su se stesso. Scopre anche il posto giusto per se stesso tra gli altri uomini.

Angelus Domini, 31 agosto 1980

L'uomo è un essere che cerca Dio

L'uomo è un essere che cerca (...). Molti sono i campi in cui l'uomo cerca e ricerca e poi trova e, talvolta, dopo aver trovato, ricomincia nuovamente a cercare. Fra tutti questi campi, in cui l'uomo si rivela come un essere che cerca, ve n'è uno, il più profondo (...). L'uomo è l'essere che cerca Dio. Diverse sono le vie di questa ricerca. Molteplici sono le storie delle anime umane proprio su queste strade (...). L'uomo è l'essere che cerca Dio. E perfino dopo averlo trovato, continua a cercarlo. E se lo cerca con sincerità, lo ha già trovato: come, in un celebre frammento di Pascal, Gesù dice all'uomo: «Consolati, tu non mi cercheresti, se non mi avessi già trovato».

Udienza generale, 27 dicembre 1978

Questo mondo è superficiale, precario e destinato alla morte

L'uomo cerca Dio (...). L'essere umano cerca la sua via nel mondo visibile, e attraverso il mondo visibile cerca l'invisibile lungo il suo viaggio spirituale. Ognuno di noi ha la propria storia personale e porta in se stesso il desiderio di vedere Dio, un desiderio che si prova nel momento stesso in cui si scopre il mondo creato. Questo mondo è meraviglioso e ricco, dispiega davanti all'umanità le sue innumerevoli ricchezze, seduce, attira la ragione tanto quanto la volontà. Ma, in fin dei conti, non riempie lo spirito. L'uomo si rende conto che questo mondo, nella diversità delle sue ricchezze, è superficiale e precario; in un certo senso è destinato alla morte. Oggi prendiamo ancor più coscienza della fragilità della nostra terra, troppo di sovente degradata dalla mano stessa dell'uomo, al quale il Creatore l'ha affidata.

Ai giovani riuniti a Longchamp, Parigi, 24 agosto 1997

Gesù può farci scoprire il senso vero della nostra vita e della nostra vocazione

Quanto allo stesso uomo, egli viene al mondo, nascc dal grembo materno, cresce e matura, scopre la sua vocazione e sviluppa la sua personalità nel corso degli anni di attività; poi si avvicina al momento in cui deve lasciare questo mondo. Più lunga è la sua vita, più l'uomo percepisce la propria precarietà, e più si pone la domanda dell'immortalità: cosa c'è al di là delle frontiere della morte? Allora, nel profondo dell'essere, sorge la domanda posta a colui che ha vinto la morte: «Maestro, dove abiti?». Maestro, tu che ami e rispetti la persona umana, tu che hai condiviso la sofferenza dell'uomo, tu che rischiari il mistero dell'umana esistenza, facci scoprire il senso vero della nostra vita e della nostra vocazione!

Ai giovani riuniti a Longchamp, Parigi, 24 agosto 1997

Il significato profondo della nostra esistenza sta nella nostra personale immortalità

Il significato profondo e decisivo della nostra esistenza umana e terrena sta nella nostra "personale" immortalità: Gesù è venuto a rivelarci questa verità. Il cristianesimo è certamente anche un "umanesimo" (...), ma il suo messaggio è essenzialmente ultraterreno, impostando tutto il senso dell'esistenza nella prospettiva dell'immortalità e della responsabilità.

Udienza generale, 2 novembre 1983

L'immortalità futura

La certezza dell'immortalità futura e la speranza nella risurrezione promessa proiettano una luce nuova sul mistero del soffrire e del morire e infondono nel credente una forza straordinaria per affidarsi al disegno di Dio.

Evangelium Vitae, 67

La risurrezione dei corpi

«Io sono la risurrezione e la vita: chiunque vive e crede in me non morrà in eterno». Queste parole in occasione della risurrezione di Lazzaro contengono la verità sulla risurrezione dei corpi a opera di Cristo. La sua risurrezione, la sua vittoria sulla morte abbracciano ogni uomo.

Varcare la soglia della speranza, p. 81

La vita e la morte dell'uomo sono nelle mani di Dio

La vita e la morte dell'uomo sono nelle mani di Dio, in suo potere. «Egli ha in mano l'anima di ogni vivente e il soffio di ogni carne umana», esclama Giobbe. «Il Signore fa vivere e fa morire, scendere agli inferi e risalire». Egli solo può dire: «Sono io che do la morte e faccio vivere». Ma questo potere

Dio non lo esercita come arbitrio minaccioso, bensì come cura e sollecitudine amorosa nei riguardi delle sue creature. Se è vero che la vita dell'uomo è nelle mani di Dio, non è meno vero che queste sono mani amorevoli come quelle di una madre che accoglie, nutre e si prende cura del suo bambino (...). Così nelle vicende dei popoli e nella sorte degli individui Israele non vede il frutto di una pura casualità, o di un destino cieco, ma l'esito di un disegno di amore, con il quale Dio raccoglie tutte le potenzialità di vita e contrasta le forze della morte, che nascono dal peccato: «Dio non ha creato la morte e non gode per la rovina dei viventi. Egli infatti ha creato tutto per l'esistenza».

Evangelium Vitae, 39

L'eutanasia è un crimine

Scienziati e fisici sono chiamati a porre la loro capacità ed energia al servizio della vita. Essi non possono mai, per nessuna ragione e in nessun caso, sopprimerla. Per tutti coloro che hanno un vivo senso del valore supremo della vita umana, credenti e non credenti, l'eutanasia è un crimine al quale non si deve cooperare in alcun modo, né si deve accettare. Scienziati e medici non devono considerarsi i padroni della vita, bensì i suoi esperti e generosi servitori. Solo Dio, che creò la persona umana con un'anima immortale e salvò il corpo umano con il dono della risurrezione, è il Signore della vita.

Alla Pontificia Accademia delle Scienze, 21 ottobre 1985

Lenire il dolore e sostenere lo spirito del malato in fase terminale

La presenza della sofferenza anche in fase terminale, mentre dovrà stimolare tutto l'impegno per lenire il dolore e per sostenere lo spirito del morente, non dovrà consentire mai «azioni o omissioni che per natura loro o nelle intenzioni di chi le pone abbiano come scopo quello di abbreviare la vita per risparmiare la sofferenza, al paziente o ai parenti» (...). Ricordiamo che «in mancanza di altri rimedi è lecito ricorrere, con il consenso dell'ammalato, ai mezzi messi a disposizione dalla disciplina più avanzata, anche se sono ancora allo studio sperimentale e non sono esenti da qualche rischio. Accettandoli, l'ammalato potrà anche dare esempio di generosità per il bene dell'umanità». Tuttavia, affinché una terapia, che presenta rischi mortali, possa venire generalizzata, dovranno essere prese tutte le garanzie per una attenuazione del rischio, senza lasciarsi portare dal desiderio di uno sperimentalismo a oltranza.

Ai partecipanti a un corso sulle preleucemie, 15 novembre 1985

A chi si trova nel confronto supremo con la sofferenza e la morte si deve compagnia e sostegno

La domanda che sgorga dal cuore dell'uomo nel confronto supremo con la sofferenza e la morte, specialmente quando è tentato di ripiegarsi nella disperazione e quasi di annientarsi in essa, è soprattutto domanda di compagnia, di solidarietà e di sostegno nella prova. È richiesta di aiuto per continuare a sperare, quando tutte le speranze umane vengono meno.

Evangelium Vitae, 67

Dobbiamo abbandonarci totalmente all'amore di Dio nell'ora della morte

Senza una confidenza con Dio non c'è nessuna consolazione al momento della morte. Ed è proprio questo che appunto Dio vuole con la morte: che noi, almeno in questa suprema ora della nostra vita, ci abbandoniamo totalmente al suo amore, senza nessuna altra sicurezza se non appunto questo suo amore. Come gli potremmo mostrare in modo limpido la nostra fede, speranza, carità!

Incontro con gli anziani a Monaco di Baviera, 19 novembre 1980

La sempre più diffusa avversione alla pena di morte è un segno di speranza

Tra i segni di speranza (...) si pone altresì la sempre più diffusa avversione dell'opinione pubblica alla pena di morte anche solo come strumento di "legittima difesa" sociale, in considerazione delle possibilità di cui dispone una moderna società di reprimere efficacemente il crimine in modo che, mentre rendono inoffensivo colui che l'ha commesso, non gli tolgono definitivamente la possibilità di redimersi.

Evangelium Vitae, 27

Può Dio, che ha tanto amato l'uomo, condannarlo a perenni tormenti?

Da sempre il problema dell'inferno ha turbato i grandi pensatori della Chiesa (...). Può Dio, il quale ha tanto amato l'uomo, permettere che costui lo rifiuti così da dover essere condannato a perenni tormenti? E, tuttavia, le parole di Cristo sono univoche. In Matteo egli parla chiaramente di coloro che andranno al supplizio eterno. Chi saranno costoro? La Chiesa non si è mai pronunciata in merito. Questo è un mistero, veramente inscrutabile, tra la santità di Dio e la coscienza dell'uomo. Il silenzio della Chiesa è, dunque, l'unica posizione opportuna del cristiano. Anche quando Gesù dice di Giuda, il traditore, «sarebbe meglio per quell'uomo se non fosse mai nato!», la dichiarazione non può essere intesa con sicurezza nel senso dell'eterna dannazione.

Varcare la soglia della speranza, pp. 201-202

Terzo millennio e Giubileo

Santificare il tempo

Nel cristianesimo il tempo ha un'importanza fondamentale. Dentro la sua dimensione viene creato il mondo, al suo interno si svolge la storia della salvezza (...). In Gesù Cristo, verbo incarnato, il tempo diventa una dimensione di Dio, che in se stesso è eterno. Con la venuta di Cristo (...) inizia il tempo della Chiesa che durerà fino alla Parusia. Da questo rapporto di Dio col tempo nasce il dovere di santificarlo.

Tertio Millennio Adveniente, 10

Ogni giorno è un dono dell'amore divino

Il tempo è dono di Dio. Continuamente creato da Dio, sta nelle sue mani. Egli ne guida lo sviluppo secondo i suoi disegni. Ogni giorno è per noi un dono dell'amore divino. Da questo punto di vista accogliamo anche la scadenza del grande Giubileo come un dono di amore.

Udienza generale, 19 novembre 1997

Il passaggio al terzo millennio è un'occasione per prendere coscienza del disegno divino

Per i credenti il passaggio dal secondo al terzo millennio non è semplicemente una tappa nell'inarrestabile flusso del tempo, ma un'occasione significativa per prendere maggiore coscienza del disegno divino che si dispiega nella storia (...). L'ampio orizzonte della storia in movimento suggerisce alcune domande di fondo: che cosa è il tempo? Qual è la sua origine? Qual è la sua meta?

Udienza generale, 19 novembre 1997

Il Giubileo è un invito a celebrare duemila anni di grazia

L'evento giubilare costituisce un invito a celebrare l'era cristiana come un periodo di rinnovamento dell'umanità e dell'universo. Nonostante le difficoltà e le sofferenze, quelli trascorsi sono stati duemila anni di grazia (...). Anche gli anni che verranno restano nelle mani di Dio. L'avvenire dell'uomo è anzitutto futuro di Dio, nel senso che lui solo lo conosce, lo prepara e lo realizza. Egli, certo, richiede e sollecita la cooperazione umana, ma non cessa per questo di essere il trascendente regista della storia (...). Il cammino verso il Giubileo è un grande cammino di speranza.

Udienza generale, 19 novembre 1997

Il Giubileo è un invito a interrogarsi sulle responsabilità dei cristiani nei confronti dei mali del nostro tempo

Alle soglie del nuovo millennio i cristiani devono porsi umilmente davanti al Signore per interrogarsi sulle responsabilità che anch'essi hanno nei confronti dei mali del nostro tempo. L'epoca attuale, infatti, accanto a molte luci, presenta anche non poche ombre. Come tacere, ad esempio, dell'indifferenza religiosa, che porta molti uomini di oggi a vivere come se Dio non ci fosse o ad accontentarsi di una religiosità vaga (...)? E non è forse da lamentare, tra le ombre del presente, la corresponsabilità di tanti cristiani in gravi forme di ingiustizia e di emarginazione sociale?

Tertio Millennio Adveniente, 36

Allo scadere del secondo millennio la Chiesa si faccia carico del peccato dei suoi figli

È giusto che, mentre il secondo millennio del cristianesimo volge al termine, la Chiesa si faccia carico con più viva consapevolezza del peccato dei suoi figli nel ricordo di tutte quelle circostanze in cui, nell'arco della storia, essi si sono allontanati dallo spirito del suo Vangelo (...). Tra i peccati che esigono un maggior impegno di penitenza e di conversione devono essere annoverati certamente quelli che hanno pregiudicato l'unità voluta da Dio per il suo popolo (...). Un altro capitolo doloroso (...) è costituito dall'acquiescenza manifestata specie in alcuni secoli, a metodi persino di violenza nel servizio della verità (...). Tutto dovrà mirare all'obiettivo primario del Giubileo, che è il rinvigorimento della fede e della testimonianza dei cristiani. È necessario, pertanto, suscitare in ogni fedele un vero anelito alla santità.

Tertio Millennio Adveniente, 33, 34, 35, 42

Disperazione, pessimismo e passività non sono giustificabili

La Chiesa ha fiducia anche nell'uomo, pur conoscendo la malvagità di cui è capace, perché sa bene che – nonostante il peccato ereditato e quello che ciascuno può commettere – ci sono nella persona umana sufficienti qualità ed energie, c'è una fondamentale "bontà", perché è immagine del Creatore, posta sotto l'influsso redentore di Cristo che si è unito in certo modo a ogni uomo, e perché l'azione efficace dello Spirito Santo riempie la terra. Non sono, pertanto, giustificabili né la disperazione, né il pessimismo, né la passività (...). Siamo tutti chiamati, anzi obbligati ad affrontare la tremenda sfida dell'ultima decade del secondo millennio.

Sollicitudo Rei Socialis, 47

L'anno 2000 è la porta dell'eternità che continua ad aprirsi sul tempo

L'anno 2000 non è soltanto la porta di un altro Millennio; esso è la porta dell'eternità che, in Cristo, continua ad aprirsi sul tempo per conferirgli la sua vera direzione e il suo autentico significato. Ciò dischiude al nostro spirito e al nostro cuore una prospettiva molto più ampia per la considerazione del futuro.

Udienza generale, 10 dicembre 1997

INDICE

DIFESA DELLA VITA

SCIENZA E TECNICA

CULTURA E SCUOLA

ARTE

ATTIVITÀ SPORTIVA E CURA DEL CORPO. TURISMO

LIBERTÀ E COSCIENZA MORALE

Finito di stampare
nel mese di maggio 2002
per conto di Neri Pozza Editore, Vicenza
dalla Milanostampa di Farigliano (Cuneo)
Printed in Italy